해보자
후회하지 말고

10   김연경

THE
VOLLE

아직 끝이 아니다

아직 끝이 아니다

'달리는 말은 말굽을 멈추지 않는다.'

　한국 배구계의 대들보인 김연경 선수는 모두가 알다시피 한국 여자 배구에서 없어서는 안 되는 귀중한 존재입니다. 김연경 선수의 화려한 경력과 뛰어난 실력은 이제 팬 여러분이 더 잘 아실 거라 생각합니다. 나는 이 글을 계기로 김연경 선수를 처음 만난 때를 돌아보았습니다. 나에게는 벌써 10년이 넘은 추억이며, 정상에 서 있는 현재와 달리 힘들고 어려웠던 김연경 선수의 과거 시절이기도 합니다. 지금과는 전혀 다른 상황이었기 때문에 이 책을 기획한 이유와 가장 긴밀하게 연결되는 이야기가 아닐까 싶습니다. 과거를 돌이켜보면 김연경 선수도 결코 순탄치 못한 배구 인생을 걸어왔다고 할 수 있으니까요.

　담배인삼공사의 감독으로 재직하는 동안 나는 수원에 있었던 한일전산여고에 자주 방문해 연습 게임은 물론 경기를 지켜보며 재목이 될 선수를 찾고 있었습니다. 그리고 그곳에서 김연경 선수를 보게 되었습니다. 사실 첫인상은 그리 좋지 않았습니다. 고등학교 1학년이었을 때만 해도 신장이 170cm 초반이라 뛰어난 체격 조건이 아니었기 때문입니다. 팔다리가 길어 눈길이 가긴 했지만 몸이 마른 편이라 힘없이 공을 다루는 모습이 어쩐지 애처로워 보이기까지 했습니다. 솔직히 감독이었던 내 눈에는 물론이고 그 누구에게도 돋보이는 선수는 아니었습니다.

그 이후 2005년, 내가 국가대표 감독으로 선임되면서 아시아 청소년 선수권대회를 마친 한일전산여고 3학년 김연경 선수를 선발했습니다. 그때 나는 젊은 선수 위주로 선발을 했고, 당시 막강한 전력으로 연전연승하던 한일전산여고 선수들을 주목했습니다. 키가 부쩍 자란 김연경 선수를 비롯해 최광희, 한유미, 한송이 자매, 황연주, 김수지 선수 등 그야말로 체격조건은 물론이고 실력까지 겸비한 선수들이 많은 시기였습니다.

그때까지도 우수한 선수들 사이에서 주목을 끌지 못했던 김연경 선수가 반전을 일으킨 것은 2005년 일본 나고야에서 열린 그랜드 챔피언 스컵이었습니다. 공격 랭킹 3위에 등극하면서 팀 성적과 관계없이 개인기록을 달성하며 진가를 발휘했기 때문입니다. 경기가 끝나고 세계적인 에이전트들이 김연경 선수 숙소로 몰려들어 문전성시를 이룰 정도였습니다. 게다가 뜨거운 반응을 보인 것은 일본뿐이 아니었습니다. 세계 여러 나라에서도 깜짝 놀랐다는 평가가 쏟아졌습니다. 그야말로 한국 여자 배구에서 신데렐라가 탄생하는 순간이었습니다. 이 일을 시작으로 김연경 선수는 일본 언론에서 100년에 한 번 나올까 말까 하는 선수라는 평가를 받으며 성장 가도를 달리기 시작했습니다.

그러나 그 이후로도 김연경 선수가 탄탄대로만 달려온 것은 아닙니다. 2008년 베이징 올림픽 세계 예선에서 김연경 선수는 부상으로 올림픽 출전이 좌절되는 경험을 했습니다. 또 2012년 런던 올림픽을 위한 대표 팀이 구성되었던 2011년에도 김연경 선수는 팀 이적 문제로 곤란한 상황을 겪어야 했습니다. 그때 나는 세 번째로 여자 국가대표 감독을 맡으며 무거운 책임감을 느끼고 있었습니다. 1976년 몬트리올 올림픽 기록을 갱신하고, 한국 여자 배구의 새로운 장을 열어야 한다고 다짐을 거듭했습니다. 개인적으로는 지도자로서 마지막이 될 수도 있는 중요한 순간이었기에 모든 일에 최선의 결단을 하고 싶었습니다.

나는 국제 경기의 경험이 풍부한 고참 선수들을 대폭 기용해 최고의 팀을 꾸려 런던 올림픽을 준비했습니다. 사실 이 과정에서 내심 김연경 선수에 대한 걱정을 했습니다. 김연경 선수의 이적 문제가 심화되고 있었던 상황이라 말은 안 해도 속이 까맣게 타 들어가고 있을 기라 짐작했기 때문입니다. 경기력에 영향을 받을시노 모른다는 예상과 달리 김연경 선수는 공사 구별이 철저했고, 올림픽 팀 안에서 에이스 역할을 톡톡히 해내며 모두에게 인정을 받았습니다. 세계적인 프로의 면모는 물론이고, 담대하게 현실을 극복하는 모습에 감독이었던 나까지 위로를 받을 정도였습니다. 그때 나는 김연경 선수가 기특했던 것은 물론이고 참으로 고마웠습니다.

"런던 고!"

나는 선수들과 함께 목이 터져라 구호를 외치며 올림픽 경기를 치르러 나갔습니다. 그 결과 우리는 2012년 런던 올림픽 세계 예선은 물론이고 2위로 본선 진출권을 획득할 수 있었습니다. 게다가 본선에서 세계 최강 브라질을 3대0으로 격파하며 누구도 기대하지 않았던 일들을 현실로 만들었습니다. 비록 눈앞에서 동메달을 놓쳤지만 36년 만에 4강 신화를 달성했습니다. 어려운 상황에서도 가슴 벅찬 일들을 해내는 김연경 선수를 지켜보며 감독의 위치를 떠나 나 또한 한 사람으로서 김연경 선수의 팬이 되었습니다.

'달리는 말은 말굽을 멈추지 않는다.'

이제 세계적 MVP가 된 김연경 선수에게 해주고 싶은 말은 이것뿐입니다. 아무리 뛰어난 프로가 되더라도 가장 경계해야 할 대상은 언제나 자신입니다. 모든 과정이 자신과의 싸움이기 때문입니다. 이제껏 해온 것처럼 긴장을 늦추지 않고, 정신적 나태와 부상을 조심한다면 김연경 선수는 지금보다 더 뛰어난 성과를 이루리라 생각합니다. 무엇보다 김연경 선수라면 런던과 리우에서 이루지 못한 꿈을 2020년 제32회 도쿄 올림픽에서 반드시 실현하여 한국 여자 배구를 새롭게 변화시킬 것이라 믿습니다.

도쿄 올림픽에서 꿈을 이루는 날이 온다면, 그 이후 김연경 선수는 제 2의 배구 인생을 계획해야 할 것입니다. 지난 2011년 11월, 나는 김연경 선수에게 대학 진학 이야기를 한 적이 있습니다. 당시에는 국외 거주 문제로 상황이 어려웠으나 이제는 새로운 방법을 찾을 수 있는 시기가 된 것 같습니다. teaching & coaching 중 선택하여 집중하고 나아간다면, 탁구의 유승민 IOC선수위원과 같은 역할을 하며 한국 여자 배구의 미래 비전을 제시하는 선수가 될 거라 생각합니다. 아니, 김연경 선수라면 어떤 식으로든 그런 역할을 해낼 거라고 확신합니다.

마지막으로 배구인으로서 애정을 담아 김연경 선수를 사랑하는 팬의 입장에서 글을 마치려 합니다. 김연경 선수로 인해 즐겁고 행복했고, 김연경 선수의 존재가 고마웠습니다. 그리고 무엇보다 김연경 선수가 있어 한국 여자 배구의 꿈은 이루어질 것입니다.

2012년 제30회 런던 올림픽 여자 대표팀 감독 *김형실*

항상 처음처럼

리우 올림픽을 향한 예선전이 한창이던 2016년 8월 1일, 일본을 상대로 하는 여자 배구 조별리그 A조 1차전 경기가 열린 날이었다. 우리나라 여자 배구 대표팀은 메달을 향해 가겠다는 일념으로 경기에 완전히 몰입하고 있었다. 한창 치열한 경기가 진행되던 중이었다. 공격 기회를 얻은 나는 허공으로 뛰어올라 상대 팀의 빈 공간으로 강하게 스파이크를 때렸다. 바닥에 울리는 배구공을 보며 득점을 했다고 판단하고 주먹을 불끈 쥐는 순간, 실점을 알리는 신호가 울렸다. 미세한 간격으로 공이 선 밖으로 나간 탓이었다. 깨끗하게 맞아떨어진 공격이라고 생각한 나는 울컥 감정이 치솟았다. 이런 중요한 상황에 실점이 되다니.

"아, 식빵!"

나도 모르게 감정이 그대로 흘러나와 버렸다. 갑작스러운 상황을 예상하지 못한 채 카메라가 내 모습을 담고 있었던 덕분에 허공을 향해 분노하는 내 모습은 전파를 타고 전 세계에 생방송으로 중계되었다. 수많은 사람이 이 모습을 지켜보았고, 그중에는 마음을 졸이며 딸의 경기를 지켜보던 나의 부모님도 있었다.

엄마는 화면 가득히 잡힌 내 모습을 보고는 고개를 절레절레 흔들며 중얼거렸다고 했다.

"말 좀 조심하라니까. 경기만 들어가면 흥분해서는……."

가족들은 아무런 변명을 할 수 없을 정도로 정확하게 잡힌 내 모습에 경기를 마치고도 한동안 걱정을 했다. 나도 경기가 끝나고 그 모습이 적나라하게 나간 것을 보고 아차 싶었다. 그런데 아이러니하게도 정신적으로도 감정적으로도 경기에 완전히 몰입한 모습이 화제가 되어 국내에서 이전보다 훨씬 많은 관심과 사랑을 받게 되었다. 또 많은 분이 경기 내용에 공감하고 재미있게 봐준 덕분에 이를 계기로 각종 프로그램에도 출연하면서 배구 팬들뿐만 아니라 대중에게도 많이 알려지게 되었다. 이런 것을 보면 인생이란 정말 한 치 앞도 알 수 없는 것 같다.

이 책을 쓰기 위해 그동안 걸어온 길을 돌아보며 나는 생각했다. 언제나 한 치 앞도 알 수 없었는데 여기까지 잘 왔다고. 리우 올림픽 이후 나를 알게 된 많은 사람은 내가 배구 선수로서 이룬 성과가 많았기 때문에 신인으로 데뷔한 이후 탄탄대로를 걸으며 승승장구해왔다고 생각한다. 하지만 유년 시절 배구를 시작한 이래로 한 번도 쉬운 길은 없었다. 어렵게 프로 선수가 되었고 그 이후로도 누구도 걸어가지 않은 길을 걸어야 했기에 한 걸음 한 걸음이 가시밭길이었다. 아마 인터뷰에서 보이는 털털한 모습과 쿨한 말들, 그리고 솔직한 이야기와 자신감 넘치는 대답 때문에 타고난 재능으로 목표한 바를 쉽게 이루어왔다고 생각하는 것 같다.

내가 지치지 않고 여기까지 올 수 있었던 건 뒤로 물러서지 않고 계속 앞으로 나아갔기 때문이다. 거대한 벽을 만나는 순간에도 도망치지 않고 부딪히며 결국에는 나를 한 단계 성장시키는 단단한 계단으로 만들었다. 내가 태어날 때부터 재능이 남달랐다거나 특별한 사람이라 정상에 오를 수 있었던 것이 아니다. 나도 다른 선수들의 그늘에 가려 아무도 몰라주던 시절이 있었고, 프로가 될 수 있을 거라고 생각하지 못했던 때가 있었다. 또래 친구들이 수업을 마치고 돌아간 운동장에서 배구공을 튕기며 미래의 나를 떠올렸을 때 그 어느 것도 확신할 수 없던 시절이 있었다. 그 당시의 내가 친구들과 달랐던 점이 있다면 배구를 포기할 이유를 찾지 못했다는 것뿐이다. 배구공을 다시는 잡지 못할 정도로 몸이 다친 것도 아니었고, 배구보다 하고 싶은 운동이 생기지도 않았다. 그래서 나는 기본기를 다지며 하루하루를 버텼고 그렇게 버틴 날들이 쌓이고 쌓여 실력이 되었다. 그 실력으로 프로의 문을 열었으며 코트 위에서 계속 점프할 수 있는 힘을 만들었다. 그리고 무엇보다 나는 후회가 싫었다. 고민만 하다가 중도에 손을 놓아버린다면 후회가 남을 테지만, 내가 할 수 있는 모든 것을 다해봤고 최선을 다했다고 생각되면 만약 일이 잘 풀리지 않았다 하더라도 홀가분할 거라고 생각했다. 어려운 상황에 맞닥뜨려도 기가 죽어 물러서기보다 내가 손에 쥐고 있는 아주 낮은 가능성이라도 붙들고 미련 없이 도전하고 싸우고 싶었다.

지난날을 돌이켜보면, 내가 가진 재능은 세 가지로 요약할 수 있다. 첫 번째는 엄격한 자기 기준을 오랫동안 한결같이 유지하는 일이다. 나는 페네르바체에서 활동하는 동안 레프트로서 경기를 이끌며 팀의 에이스로 활약했다. 그래서 때로 사람들은 이제 어느 정도 기술이 생겼고, 오랜 경험도 쌓였으니 기본적인 훈련만 해도 충분하지 않느냐고 물었다. 하지만 그렇지 않다. 아무리 많은 승리를 했어도, 그것은 경기가 끝나는 순간 과거가 된다. 새로 다가올 경기는 아무도 그 결과를 장담할 수 없다. 미래 경기를 낙관하고 방심하는 순간, 그 마음이 전력을 약화하고 패배를 불러온다. 배구 선수를 업으로 삼고 있는 이상은 언제나 한결같은 기준에 맞추어 몸을 만들고 준비해야 한다.

나의 훈련은 늘 처음이 기준이다. 물론 배구를 처음 배울 때의 훈련 방법과 똑같이 한다는 것은 아니다. 내가 말하는 처음은 숨이 턱까지 차오를 때까지 최선을 다해서 이 정도면 후회하지 않을 것 같은 느낌 그 자체다. 열두 살에 배구를 처음 본 순간 한눈에 반한 나는 부모님을 설득해 어렵게 배구를 시작했다. 그리고 나의 결심이 흐지부지해져서 실망스러운 모습을 보이지 않기 위해 최선을 다했다. 나는 그 시절 절실했던 마음과 지칠 대로 지칠 때까지 몸을 움직인 후에야 만족스럽게 잠자리에 들던 기억이 아직도 생생하다. 그 이후로 나는 한국을 대표하는 선수가 되어 올림픽에도 나가고, 세계에서 손꼽히는 팀의 에이스가 되었지만 내 훈련 기준은 변함없다.

'항상 처음과 같은 마음으로.'

몸 상태와 체력도 변했고, 운동 환경과 소속 팀도 바뀌었지만, 나는 처음에 가진 마음을 잊지 않기 위해 늘 마음을 다잡는다. 조금이라도 만족스럽지 않은 날이면 잠들기 전 어김없이 내 귓가에 서슬 퍼런 잔소리가 날아든다.

'예전에 내가 얼마나 노력을 했는데, 지금 이 정도 해가지고 되겠니? 이 정도로는 우승은커녕 지금 자리에서도 밀려날 거야. 무엇보다 더 할 수 있는데 왜 안 하는 거야? 벌써 게을러진 거야?'

처음은 익숙해진 환경과 상황 속에서 정신을 번쩍 들게 하는 냉수 같다. 사람은 누구나 환경에 금방 익숙해진다. 아무리 낯선 곳이라도 시간이 필요할 뿐이다.

그리고 적응이 끝나면 자신에게 조금씩 양보를 하게 된다. 이 정도 했으면 오늘은 이만 된 것 같다고. 이런 식으로 물러서다 보면 점점 나태해지고, 이런 날들이 모이면 언젠가 한꺼번에 커다란 차이로 나타난다. 이렇게 말할 수 있는 이유는 앞에서 말했다시피 내가 이 작은 차이로 실력을 만들었기 때문이다. 매일 이를 악물고 스스로의 한계를 뛰어넘기 위해 노력한 시간들이 쌓이자 어느 시점에 이르러 압도적인 기량으로 나타났다.

기술이나 순발력을 두고 운동선수의 재능이라고 말할 수도 있다. 그러나 분명한 것은 100% 재능에만 의존하는 최고의 운동선수들은 없다는 것이다. 하루하루 자신의 한계에 도전하면서 조금씩 균열을 일으키고, 강력한 의지가 단단한 장벽을 무너뜨릴 때 우리는 자신이 상상하지 못했던 수준까지 자신을 끌어올릴 수 있다.

두 번째는 복잡하고 어려운 상황을 간단하게 만드는 재능이다. 모든 것을 잘할 수 있는 사람은 없다. 우선 나부터 배구 외에는 잘한다고 내세울 만한 특기가 없다. 그러나 배구 하나만큼은 철저하게 해왔다. 해야 할 일을 확실하게 수행해왔고, 차근차근 이루어나갈 목표도 언제나 머릿속에 선명하게 그려왔으며, 도전할 수 있는 기회가 오면 거침없이 뛰어들었다. 배구라는 영역 안에서만큼은 나는 한 번도 물러서지 않고 치열하게 싸워왔다. 그리고 이렇게 배구에 몰입하기 위해 삶의 다른 부분은 여유롭게 생각했다. 조금은 허술해 보일지도 모르지만 굳이 완벽하려 하지 않았고, 사람들과의 관계에서도 조금 손해를 보더라도 한발 물러나는 쪽을 택했다. 나는 절대 지지 않으려는 승부욕을 배구에만 쏟아부었고, 이 구획 밖으로 나가면 마음을 비워두었다. 살아가는 데 모든 것을 다 잘하려고 하기보다 배구를 잘하는 데 온 정신을 몰입한 것이 내가 배구 선수로서 성장하는 데 큰 힘이 되었다.

배구를 해오면서도 어려운 문제가 많았다. 팀 내에서 겪는 문제나 이적 갈등, 그리고 타지에서 겪는 일들과 부상 등등. 하나하나 말하자면 밤을 새워도 모자랄 정도다. 게다가 경기를 들어가는 매 순간 느끼는 압박감은 기본이다. 이럴 때 너무 많은 생각을 하다 보면, 그 생각 구덩이 속으로 빠져버린다. 그래서 나는 복잡하고 어려울수록 간단하게 생각했다.

'내 힘으로 할 수 없는 일은 신경 끄자. 내가 실력을 보여주면 다들 나를 인정하게 될 거야.'

'어쩌겠어? 경기 도중에 힘들다고 나갈 수도 없잖아.'

'내가 연봉이 높은 이유가 뭐겠어? 부담을 배로 느끼고 배로 잘하라는 대가잖아.'

어려우면 어려운 대로, 꼬여 있으면 꼬인 대로 상황을 받아들이고, 내가 할 수 있는 부분만 바라보며 덤벼들었다. 어쩌면 단순하고 무식한 방법이라고 할지도 모르겠지만, 그렇게 문제를 정면으로 돌파하며 여기까지 왔다.

마지막으로 내가 가진 가장 강력한 재능은 어떤 상황에서도 꿈을 꾸는 것이다. 유년 시절에는 빨리 키가 커서 내가 묵묵히 쌓아온 실력으로 프로가 되고, 나아가 국가대표가 되는 꿈을 꾸었다. 이 일들을 실제로 이루었을 때 나는 그 자리에서 더 멀리 갈 수 있는 새로운 미래를 그렸다. 하위권이었던 나의 소속 팀을 우승으로 이끌고 최우수 선수가 되는 것. 그리고 한국 선수 최초로 해외 진출을 이루는 것이었다. 얼마 지나지 않아 나는 일본 리그를 거쳐 유럽 리그에 진출했고, 터키 페네르바체에 입단해 최고의 활약을 펼치며 꿈을 현실로 만들었다.

만약 내가 프로가 되었을 때 이만하면 되었다고 만족했다면 해외 진출은 하지 않았을 것이다. 누구도 내 등을 떠밀거나 재촉하지 않았지만, 나는 계속 도전하고 성장하기를 원했다. 새로운 경험만이 나 자신을 발전시킬 수 있다고 믿었기 때문이다. 물론 도전과 선택에는 항상 예상하지 못한 문제들이 생겨난다. 아마 예상하는 거의 모든 것이 문제가 될지도 모른다. 그러나 문제들을 마주할 때마다 수비하고 공격하기를 반복하다 보면, 그것 또한 실력이 된다. 다음 도전에서는 웬만한 어려움에도 끄떡없고, 이전의 문제를 해결한 경험을 바탕으로 더 현명한 방법을 찾을 수 있다. 도전은 아무도 뚫을 수 없는 강철 벽을 맨손으로 무너뜨리는 것이 아니다. 도전은 용기를 내서 처음 보는 문 안으로 발걸음을 옮기고, 새로운 세계를 마주하는 일이라고 생각한다. 비록 익숙했던 풍경과 다른 광경이 펼쳐지고, 짐작하지 못했던 일들을 마주하더라도, 머릿속에 그리는 꿈을 향해 나아가다 보면 어느새 꿈에 가까워진 자신을 발견하게 될 것이다.

이 책이 나올 때 즈음이면 나는 또다시 새로운 미래를 그리며 중국 상하이 팀으로 이적해 있을 것이다. 터키에 진출한 이후 나는 6시즌 동안 리그 우승과 컵 우승, 그리고 챔피언스 리그 우승, 선수 개인으로서는 MVP 수상까지 했다. 이러한 경험들은 나의 기량을 발전시키고, 정신적으로 성장할 수 있도록 만들어주었다. 아마 사람들은 터키에서 공들여 이룬 업적을 뒤로한 채 중국으로 이적하는 이유에 대해 의문을 가질지도 모르겠다. 가장 큰 이유를 말하자면, 나는 최근 몇 년 동안 올림픽을 포함한 여러 국제대회 경기 일정으로 비시즌 동안 충분한 휴식을 가질 수 없었다. 터키 리그의 경우 국내 리그보다 시즌이 길다. 그래서 국내 리그를 소화하는 선수들과 달리 나는 터키 리그 시즌 종료 후에 국가대표 동료들보다 부족한 휴식을 가져왔다. 이런 일이 몇 년간 반복되면서 피로가 누적된 것이 사실이다.

이제 한국 나이로 30대에 들어선 나에게는 전환점이 필요하다. 올림픽 메달이라는 마지막 목표가 남아 있기 때문이다. 특히 2020 도쿄 올림픽의 경우 국가대표팀에서 뛸 마지막 기회가 될 수도 있다. 그래서 한국과 거리가 가깝고, 무엇보다 리그 일정도 국내 리그와 비슷해 대표 팀 일정을 소화하는 데 무리가 없는 중국 리그를 선택한 것이다. 그러나 단지 휴식과 대표 팀 합류라는 이유만으로 중국을 선택한 것은 아니다. 이제껏 도전을 거듭하며 다양한 경험을 즐겨온 나는 중국 리그라는 새로운 목표를 향해 가보고 싶었다.

이 책을 읽은 독자들이 자신의 손에 쥐고 있는 가능성을 발견하고, 새로운 문을 열고 나아가는 용기를 가질 수 있으면 좋겠다. 그래서 특별한 출발선에서 시작하지도 않았고 될성부른 나무의 떡잎이라는 확신도 없었던 나처럼 물러서지 않고 앞으로 나아가는 여정을 시작했으면 좋겠다. 이것이 이 책을 용기 있게 내보이는 이유이다. 나 역시 지금까지 그래왔던 것처럼 앞으로 어떤 일을 마주하더라도 두려워하지 않고 도전해나갈 것이다.

| CONTENTS |

지금까지 노력해온
나 자신을 믿는다

꿈꾸는 것이 무엇이든 해야 하고, 할 수 있다

누구도 이견을 제기할 수 없는 실력을 보여주겠다

CHAPTER **1**

지금까지 노력해온
나 자신을 믿는다

어디를 가서도 철저하게 자기 관리를 하며 실력을 유지할 수 있는 것은

그 시절 오랫동안 몸에 익혀온 것들이

든든한 디딤돌이 되어주기 때문이다.

처음은
특별하다

_ 배구 하고 싶어?

"큰언니한테 갈까?"

어릴 적 엄마는 어린 내 손을 잡고 큰언니가 다니던 학교 체육관을
종종 갔다.

체육관 입구에 처음 들어서던 기억이 생생하다. 멀리서부터 바닥에
공이 부딪치며 허공을 울리는 소리가 들려왔다. 눈부시도록 환한 조명
아래 넓은 체육관이 펼쳐져 있었고 한 발 안으로 들어선 체육관 바닥은
한 번도 느껴보지 못한 매끌매끌한 느낌이었다. 체육관 가운데에는

네모난 모양으로 하얀 선이 그어져 있었고 그 선을 반으로 툭 가르는 네트가 우뚝 서 있었다. 네트 양옆으로는 큰언니와 같은 유니폼을 입은 언니들이 자세를 잡고 공을 주고받으며 훈련에 열중하고 있었다.

어릴 때부터 나는 공놀이라면 어디에도 빠지지 않았다. 또래 여자 아이들과 다르게 운동장에서 뛰어노는 게 좋았다. 농구, 축구 등 종목을 가리지도 않았다. 남자아이들은 그 누구보다 승부욕을 발휘하는 나를 자연스럽게 경기에 끼워주었고, 함께 공을 차고 놀았다. 하지만 그렇게 공놀이를 좋아하던 나도 누군가가 체계적으로 훈련하며 운동하는 모습을 본 것은 처음이었다. 나는 생전 처음 보는 그 광경이 너무나 신기하고 부러웠다.

'아, 나도 저 안으로 들어가서 해보고 싶다.'

온몸이 전기에 감염된 것처럼 꿈틀댔다.

큰언니가 훈련하는 동안 감독님은 체육관을 찾아온 가족들 중 주변을 서성이는 아이들에게 배구공을 던져주었다. 어른들은 서로 대화도 나누며 시간을 보냈지만 할 일 없이 심심해하는 아이들이 딱해 보였는지 공놀이를 하면서 시간을 보내라는 배려였던 것 같다.

나는 그곳에서 만난 다른 아이들과 낡은 배구공을 던지며 놀았고, 훈련 중인 언니들을 바라보며 동작을 따라 하기도 했다. 그렇게 시간을 보내고 드디어 모든 훈련이 끝나고 함께 집으로 돌아갈 시간이 되었다. 체육관 곳곳에는 연습에 사용했던 배구공이 나뒹굴고 있었고, 그것을 모두 정리해야만 집으로 갈 수 있었다. 사람들은 너나없이 일어나 커다란 주머니에 배구공을 주워 담기 시작했다. 정리가 빨리 끝나면 그만큼 빨리 돌아갈 수 있었기 때문이다.

사람들을 따라 공을 주머니에 던지며 체육관을 서성거리던 때였다. 감독님이 나를 한번 슥 보더니 공을 받아보겠냐고 물었다. 나는 생각지도 못했던 감독님의 말에 심장이 제멋대로 쿵쾅거렸다. 큰언니를 만나러 와서 마음 가는 대로 놀기만 했지 배구를 제대로 해본 적은 없었기 때문이다. 온몸이 긴장감으로 바짝 움츠러들었지만 어쩐 일인지 못 하겠다는 말은 하고 싶지 않았다.

나는 주춤거리며 발걸음을 옮겨 감독님이 서 있는 자리에서부터 거리를 잡고 자세를 잡았다. 서당 개 삼 년이면 풍월을 읊는다고, 어깨너머로 본 자세가 어설프게 떠올랐다. 나는 두 다리에 힘을 주고 발을 바닥에 단단히 딛고 서서 머릿속으로 큰언니의 동작을 무한 반복 재생시켰다.

감독님은 내 얼굴을 살피더니 이내 공을 던져 보냈다. 나는 눈앞으로 날아드는 공을 주시하다가 두 손으로 힘껏 공을 튕겨냈다. 단단히 포갠 두 손에 묵직한 힘이 전해졌고 공이 방향을 바꿔 허공으로 날아간 뒤에도 공이 지나간 감각이 생생하게 남아 있었다.

'이거, 재밌다!'

배구를 처음 해본 순간 가장 먼저 스친 생각이었다.

"제법 힘이 있는데?"

엉거주춤한 자세였지만 작은 체구에 비해 공에 힘이 실리는 것을 본 감독님이 말했다. 그리고 내 얼굴을 들여다보며 물었다.

"배구 하고 싶어?"

나는 고개를 크게 끄덕였다. 금방 대답하지 않으면 기회가 사라져버릴 것 같았다. 당장이라도 코트 안에 뛰어들어 함께 배구를 하고 싶은 마음이 내 얼굴에 드러났는지 감독님이 웃으며 말을 이었다.

"배구 배우고 싶으면 부모님한테 허락 맡고 와."

그때는 나도 몰랐다. 그 순간 이후로 내가 배구 선수의 길을 걸어갈 줄은. 지금 돌이켜 생각하면 그때 감독님이 내게 특별한 재능을 보았다거나 그랬던 건 아닌 것 같다. 단지 왜소한 체구와 마른 팔로 제법 진지하게 공을 받아내는 모습에 배구를 권유했던 것 같다. 그러나 재미있는 사실은 어린 내가 그 말을 곧이곧대로 듣고 배구를 해야겠다고 굳게 마음을 먹었다는 것이다.

'부모님에게 허락만 받으면 된다.'

나는 배구를 할 수 있겠다는 기대감에 마음이 한껏 부풀어 올랐다.

_ 배구 하고 싶어!

큰언니가 배구를 하고 있었을 때는 내가 막 초등학교에 입학했을 때였다. 요즘은 단체기합 문화가 거의 사라졌지만 그때는 한 명만 실수를 해도 단체로 기합 받는 문화가 있었다. 큰언니는 배구 선수가 되려고 훈련을 하는 동안 다양한 이유로 체벌을 받았고, 그것이 배구를 그만둔 계기가 되었다. 내 기억에도 엄마가 큰언니에게 종종 약을 발라주던 모습이 남아 있다.

큰언니가 체벌을 받고서 집에 돌아온 어느 날이었다. 통증 때문에 엉거주춤 걷는 큰언니를 보고 엄마는 근심 가득한 얼굴로 약을 꺼내 왔다. 큰언니는 엄마가 시키는 대로 바닥에 엎드려 누웠고 엄마는 혹시라도 살이 쓸려 아플까 봐 최대한 조심스럽게 옷을 걷어냈다. 시퍼렇게 멍이 든 허벅지가 드러나자 엄마는 미간을 찌푸리며 울컥 치솟는 감정을 참아냈다. 후후 바람을 불며 약을 발라주는 엄마의 모습과 엄청나게 아플 텐데도 용케 참고 있는 큰언니의 모습에 나머지 가족들은 아무 말 없이 가만히 지켜볼 수밖에 없었다.

"엄마, 나 배구 하고 싶어!"

나는 엄마에게 배구를 하고 싶다고 말하기 전에 혹시 있을지도 모를 힘든 일을 내가 어떻게 감당할 수 있을지 고민했다. 하지만 약을 바르며 아픔을 참고 있던 큰언니의 모습보다 허공으로 점프하며 네트 너머로 공을 날려 보내던 큰언니의 모습이 나를 더 매료시켰다. 나는 오랜 고민 끝에 각오를 다지며 엄마에게 말을 꺼냈다. 배구를 하고 싶으니 큰언니가 다니는 학교로 전학을 보내달라고 말했다. 엄마는 내 말을 듣자마자 표정이 어두워졌다. 내가 말을 꺼냈을 당시 큰언니는 배구를 그만둔 상황이었고, 그 때문에 또다시 자식이 힘들어하는 모습을 보게 될까 걱정했던 것 같다. 엄마는 가만히 내 얼굴을 바라보다 물었다.

"넌 언니가 그렇게 힘들어하는 것을 보고도 배구가 하고 싶니?"

나는 힘차게 고개를 끄덕였다. 그리고 엄마와 큰언니가 힘들어할 때에는 나 또한 무척 속이 상했지만 아무리 고민을 해도 배구를 하고 싶다는 마음이 사라지지 않는다고 말했다. 엄마는 한동안 말이 없었다. 그러고는 단호한 얼굴로 허락할 수 없다고 말했다. 다시는 멍든 허벅지에 약을 발라주고 싶지도 않고, 힘든 훈련 과정을 지켜보고 싶지도 않다고 했다. 이야기를 들은 아버지도 마찬가지였다. 아버지는 평소 말수가 적은 분이었다. 우리 세 자매가 원하는 것이라면 대부분 별다른 대꾸 없이 들어주는 편이었다. 특히 배움이나 경험에 관해서라면 묵묵히 지원해주고 응원해주었다. 그러나 배구만큼은 절대 안 된다고 했다. 딸 하나 그렇게 힘들게 했으면 됐지, 또 그럴 수 없다는 게 이유였다.

부모님의 반대에도 내 마음은 달라지지 않았다. 게다가 허락을 안 해주니 더 애가 타 들어갔다. 이미 내 머릿속은 온통 훈련복을 입고 체육관에서 배구공을 만지는 모습뿐이었다. 경기에 나가서 코트를 가로지르는 순간까지 선명하게 그려졌다. 나는 부모님을 끈질기게 설득하기 시작했다. 기회가 있을 때마다 엄마에게 허락해달라고 졸라댔다. 엄마는 허락하지도 않았지만 혼을 내거나 잔소리도 하지 않았다. 지금 생각해보면 내가 얼마나 배구를 하고 싶어 하는지 그 의지와 열정을 가늠해보았던 것 같다.

어릴 때부터 나는 하고 싶은 것이 있으면 꼭 해야 하는 성격이었다.

마음에 무언가 꽂히면 심장 가운데 탁 박힌 것처럼 종일 그것만 생각났다. 어디를 가도 공만 보였고, 공만 보면 배구공이 생각났다. 당장이라도 연습을 시켜주면 허공으로 뛰어올라 스파이크를 때릴 수 있을 것 같았다. 하루라도 빨리 배구를 시작하고 싶어 몸이 근질거렸다.

내가 처음 말을 꺼낸 이후 하루도 쉬지 않고 매달리자 엄마는 결국 나를 불러 앉혔다. 하지만 여전히 걱정스럽고 무거운 표정이었다.

"배구 시작하면 중간에 포기하지 않고 끝까지 할 자신 있니?"

"응!"

나는 기다렸다는 듯이 재빨리 대답했다. 엄마는 두 손 두 발 다 들었다는 표정으로 나에게 손가락을 내밀었다. 엄마와 한 약속에 책임을 지라는 뜻이었다. 나는 신이 난 얼굴로 환하게 웃으며 엄마의 손가락에 내 손가락을 걸었다. 혹시라도 엄마 마음이 바뀔까 봐 절대 포기하지 않을 거라고 외치며 말이다.

중학교로 진학하면서 오전에는 수업을 받고 그 외 시간에는 체육관에서 온종일 훈련을 거듭했다. 게다가 숙소 생활도 시작되어서 또래 친구들과는 조금 다르게 부모님과 일찍부터 떨어져 살게 되었다.

주말이면 집으로 돌아가 가족과 즐거운 시간을 보냈다. 엄마는 어린 막내딸이 밖에서 고생한다고 생각했는지 집에 가면 늘 풍족하고 맛있는 음식을 준비해주었다. 그리고 필요한 물건을 사기 위해 함께 나가거나 목욕탕에 가기도 했다. 그 일이 있기 전까지는 말이다.

평소처럼 동네 목욕탕에 간 날이었다. 엄마는 딸을 씻기고 나올 생각에 바빴고 나는 사물함에 옷을 벗어두고 엄마를 따라 안으로 들어갔다. 코끝으로 밀려오는 수증기를 물씬 느끼며 자리를 찾는데 이상한 낌새가 느껴졌다. 엄마랑 내가 지나가는 곳에 앉아 계시던 아주머니들이 우리를 쳐다보며 혀를 차거나 인상을 찌푸렸기 때문이다. 엄마는 앉을 자리를 찾고 나서야 사람들이 쳐다보고 있다는 것을 눈치채고 고개를 갸웃거렸다. 영문을 모르는 채 나를 씻기려고 물을 끼얹은 순간, 온통 시퍼렇게 멍이 든 내 허벅지를 보게 되었다. 그제야 엄마는 사람들이 힐끗거리는 이유를 알게 되었다. 엄마는 170cm가 넘는 큰 키였는데 그때의 나는 키가 작고 말라서 무척 왜소해 보였다. 큰 키의 엄마 옆에서 초등학생처럼 보이는 여자아이의 엉덩이가 시퍼렇게 멍이 들어 있으니 속사정을 모르는 아주머니들은 내가 엄마에게 혹독한 체벌을 당했다고 짐작한 것이었다. 엄마는 속상한 표정으로 한숨을 푹 내쉬며 말했다.

"이렇게 멍이 들었다고 왜 진작 말하지 않았니?"

내가 무슨 말을 해야 할지 몰라 머뭇거리자 엄마가 따뜻한 물로 나를 씻겨주며 말을 이었다.

"사람들이 내가 우리 딸 때리는 줄 알고 막 흘겨보잖아. 다음부터는 괜한 오해 사지 말고 집에서 씻자."

막내딸이 힘들게 훈련하는 것도 마음이 아픈데 사람들의 오해까지 사게 되었으니 엄마의 마음이 어땠을지 짐작도 가지 않는다. 그날부터 엄마는 나를 데리고 목욕탕에 가지 않았다.

돌이켜 생각해보면 전통적인 훈련 방식 때문에 육체적으로 힘든 부분도 있었지만 그보단 배구 선수를 꿈꾸면서 겪은 많은 일에 정신적으로 더 힘들었던 것 같다. 키가 크지 않아 후보 선수로 수년을 보냈고 프로 선수가 되고 나서는 바로 수술을 받기도 했다. 그리고 첫 해외 진출을 이루기 위해 해나가야 하는 많은 일도 순조롭지만은 않았다. 만약 다른 사람이 걸어 간 길을 뒤쫓아 갔더라면 내가 겪은 모든 일이 조금 더 순탄했을지도 모르겠다.

나는 막다른 골목에 들어선 것처럼 막막한 순간이 오면 배구를 처음 만난 순간을 떠올린다. 엄마에게 배구를 배우고 싶다고 조르던 그때, 그저 배구만 할 수 있다면 좋겠다고 생각한 그 순간들, 처음 배구공을 잡고 설렜던 그 기억을 말이다. 이제는 아주 오래전 일이 되어버렸지만, 배구를 해도 된다는 허락을 받고 손가락을 걸며 신나 하던 기분은 여전히 생생하다. 그 약속 하나로 모든 일이 시작되었고, 엄마와 한 약속을 지키기 위해 힘든 시간들을 참고 버텨왔다. 그렇게 아무리 어려운 상황이 와도 주어진 것에 감사하는 마음으로 최선을 다해 지금의 자리에 섰다. 나에게 특별한 재능이 있어서 여기까지 온 게 아니다. 그저 가슴이 뛰는 일을 빨리 찾았고, 그것을 이루기 위해 열심히 노력하며 한결같은 마음으로 제자리를 떠나지 않았을 뿐이다. 처음의 순간은 특별하다. 이 모든 것이 그날 엄마와 약속하며 걸었던 손가락에서 시작된 것처럼 말이다.

끝까지
가봐야 안다

_ 키 크는 약 어디 없나요?

유년 시절 내가 가장 자주 들은 말이 있다.

"쉬는 동안 키 좀 크고 있어라."

고등학교에 진학할 때까지 나는 함께 훈련하는 친구들 중에서도 작은 편에 속했다. 기본기가 단단하면 경기에 투입될 거라는 생각에 한순간도 포기하지 않고 훈련을 했지만 주전은커녕 교체 기회도 가뭄에 콩 나듯 했다. 어쩌다가 경기에 들어가도 다양한 역할로 교체되었기 때문에, 꾸준한 나의 포지션은 벤치라고 해도 과언이 아니었다.

훈련을 할 때도 키가 작아 혼나는 일이 많았다. 단지 작다고 문제가 될 일은 없었다. 그러나 공이 날아오는 것을 보고 전력으로 뛰어가 서브를 하면 작고 마른 내 몸이 달려온 속도를 이기지 못하고 제때 멈추지 못했다. 나는 공이 날아오는 순간에 잘 도착하고서도 관성 때문에 공과 함께 네트까지 떠밀려갔다. 안간힘을 쓰면서 자세를 잡아 보려고 해도 내 뜻대로 되지 않을 때가 더 많았다. 아마 코트 밖에서 지켜보는 감독님의 눈에는 이런 내 모습이 거나란 그물에 뛰어들어 출렁거리는 물고기처럼 보였을 것이다.

"또 달라붙는다! 또!"

감독님의 입에서 불호령이 떨어졌다. 기껏 달려가서는 제 몸 하나 제대로 조절하지 못해 네트를 건드리니 무척 답답하셨을 것이다. 나 또한 내가 낸 순간속도를 스스로 제어하지 못하고 초보적인 실수를 반복하는 게 무척이나 답답했다.

배구는 키가 절대적으로 영향을 끼치는 종목이다. 키가 크면 공격력 이 향상되고 상대 팀의 공격을 방어하는 블로킹도 유리해진다. 무엇 보다 점프를 해서 공중에서 강하게 공격하는 스파이크에 절대적으로 유리하다. 키가 작다고 스파이크나 블로킹을 못하는 것은 아니지만 상대 팀과 네트를 두고 겨루는 상황이 오면 신장 차이가 많은 영향을 끼치는 것이 사실이다.

그때 내 문제는 키가 작은 것만이 아니었다. 신체 균형이 잘 맞지 않아 움직임에 안정감이 없다는 것도 단점이 되었다. 나중에 키가 크려고 그랬는지 발이 크고 팔다리가 길었는데 키에 비해서는 알맞지 않은 비율이었다. 그래서 달리기 시합을 해도 한 번도 친구들을 이긴 적이 없었다. 아무리 이를 악물고 뛰어도 어쩐지 몸이 안정적으로 나아가지 못했고 속도가 붙으면 감당하지 못하는 느낌이었다.

훈련에서 러닝을 할 때도 마찬가지였다. 뒷산을 돌거나 운동장을 수십 바퀴 돌 때도 늘 무리에서 뒤처져 따라잡으려고 안간힘을 써야 했다. 아무리 노력해도 길쭉한 다리로 성큼성큼 멀어지는 동료들을 보면 저절로 우울해졌다. 가족들이 키가 커서 나 또한 클 거라고 내심 기대했지만 학년이 올라가고 해가 바뀌어도 별로 나아지지 않았다.

중학교 3년 내내 나는 경기에서 후보 선수로 벤치를 담당했다. 팀 내에서 선배가 되고 고참이 되어도 마찬가지였다. 후배들이 주전이 되어 경기를 뛰는 모습을 지켜보며 늘 작은 기회라도 주어지기를 애타게 기다렸다. 후보 선수로 대기하는 것도 우울한데 벤치에서 쉬면서 키 좀 크라는 말을 들으면 서럽기도 했다. 기본이 좋고 한결같은 실력을 유지하니까 신장만 크면 주전이 될 수 있을 거라는 의미라고 생각했지만 불안한 마음은 어쩔 수 없었다. 고등학교 진학이 다가오면서 미래에 대한 걱정은 언덕을 굴러 내려오는 눈덩이처럼 커져갔다. 이대로 시합을 뛰지 못한 채 허송세월하면 어쩌나 하는 생각에 밤잠을 설치기도 했다.

나처럼 키가 작은 친구와 함께 고민을 나누면서 다른 종목으로 전향하는 것에 대해 진지하게 생각한 적도 있었다. 가장 유력하게 떠올린 종목은 축구였다. 이미 선배 중에 축구로 전향하여 활동하는 모습을 보았기 때문이었다. 배구를 정말 좋아했지만 이런 식이라면 프로팀에 소속되지 못하고 끝나버릴 가능성이 높았다. 신장이 크게 영향을 미치지 않는 종목을 바꿔서 운동을 계속해야 하는 걸까. 무게를 잴 수 없는 두 마음 사이에서 갈팡질팡했다.

"엄마, 어디 키 크는 약 없어?"

"그런 약이 어디 있겠어. 있기만 하면 얼마든지 사주고 싶지."

주말이 되면 집에 들러 엄마에게 투정을 부리며 키 크는 약을 찾아 달라고 조르기도 했다. 물론 그런 약은 없다는 건 알고 있었다. 답답하고 어린 마음에 엄마를 붙들고 하소연을 한 것이다. 엄마는 배구가 좋다고 하루 종일 공을 끼고 사는 막내딸이 늘 후보에 머물며 경기를 지켜보는 것이 안타까웠는지 말도 안 되는 이야기에도 다정한 목소리로 대답해주었다.

_ 내게 맞는 목표 찾기

후보 선수는 경기를 뛰지 않으니 훈련이 훨씬 편하지 않느냐는 질문을 받은 적이 있다. 그러나 경기만 뛰지 않을 뿐이지 매일 반복되는 모든 훈련은 그 누구도 예외가 없다. 오히려 주전 선수를 중심으로 훈련이 이루어지기 때문에 맞춤형으로 도와주는 역할을 해야 한다. 포지선에 맞추어서 자세를 연습하면 서브를 받아주고 공이 부족할 즈음이면 재빨리 공을 모아 주변을 정리한다. 간단히 말하면, 경기뿐만 아니라 훈련에서도 후보 역할을 하는 것이다.

후보 선수였던 긴 시간 동안 내가 필사적으로 한 것은 살길을 찾는 것이었다. 경기에서 필요로 하는 배구 선수가 되려면 어떻게 해야 하는지 하루도 고민하지 않은 날이 없었다. 그때 내가 내린 결론은 내가 가진 조건으로도 팀에서 할 수 있는 포지션을 찾아 제대로 확실하게 해내는 선수가 되자는 것이었다.

사실 그저 불평만 하고 있기에는 키가 작아도 국가대표 선수로 활약할 만큼 훌륭한 선수들이 많았다. 그들은 신장이 작다고 기죽지 않았고 실력으로 당당히 승부해 자기 몫을 충분히 해냈다. 나는 고민이 많았던 유년 시절의 나에게 노력으로 되지 않는 것에 집착하기보다 기본 실력을 탄탄하게 해서 선수로서의 자질을 키우는 데 온 힘을 다하자고 말했다. 경기 흐름을 파악하고 공이 오는 곳을 예측하는 눈썰미를 키우며 신체적인 조건을 보완하는 장점을 살리자고 생각을 전환한 것이다. 또 안정된 서브 실력을 키워 수비에 강점을 보이는 선수가 되겠다고 다짐했다. 이것이 작고 왜소했던 내가 세울 수 있는 현실적인 목표였다. 키가 크는 것은 노력으로 되는 일이 아니었지만, 내 의지와 노력으로 성취할 수 있는 목표를 세우자 나는 다시 활기를 되찾았다.

그 이후로 나는 키가 작아서 주목받지 못한다는 핑계는 대지 않았다. 오히려 그런 생각이 들 때마다 실력만 있으면 언제든지 기회는 온다는 생각으로 마음을 다잡았다. 어찌 보면 순진하고 단순한 이 믿음이 나를 불리한 상황에 얽매여 좌절하게 만들기보다 단 하나의 가능성에 몰입하게 했다.

비록 선수로서 주목을 받지는 못했지만, 나는 어디서도 기죽지 않는 성격이었다. 오히려 키가 크고 덩치가 큰 친구들도 죄다 놀리고 다닐 만큼 장난기가 넘치는 명랑 소녀에 가까웠다. 마음속으로는 고민이 깊어질 때도 많았지만, 그렇다고 얼굴에 어두운 티를 내고 의기소침하게 지내는 것은 적성에 맞지 않았다. 고민을 한다고 해결될 일이 아니었고, 나름의 목표도 있으니 견디고 노력하다 보면 나도 언젠가는 배구 선수로 활약하는 날이 올 거라는 막연한 기대와 믿음이 있었다. 그리고 그런 막연한 기대와 믿음은 내가 하루하루 고된 훈련을 버틸 수 있도록 하는 원동력이 되었다.

하루는 엄마가 걱정이 되어 감독님을 찾아온 적이 있었다. 내가 배구를 너무 좋아해서 그만두라고 할 수도 없는데 미래는 보이지 않으니 내심 걱정이 이만저만이 아니었던 모양이다. 엄마는 감독님과 상담을 하면서 속내를 털어놓았다.

"감독님, 우리 연경이가 아직도 저렇게 작아서 어떡하나요? 지금이라도 배구를 그만둬야 하는 거 아닐까요?"

"어머니, 조금 더 기다려보세요. 연경이는 키가 작아도 경기에 들어가면 자기 역할은 다 하고 나오는 애입니다. 자기가 해야 하는 역할이 무엇인지 기가 막히게 알고 있어요. 제 몫은 악착같이 다 해요."

"키가 안 크면 후보만 하다가 이대로 끝나는 거 아닌가요?"

"연경이는 뭐라도 할 겁니다."

감독님은 근심 걱정이 가득한 엄마에게 포기하기에는 이르다고 말했다. 그리고 비록 주전은 아니지만 의지를 가지고 끈기 있게 훈련해나가는 내 모습을 보면 무슨 역할이든 해낼 거라고 격려해주었다. 그런데도 엄마가 불안한 마음을 감추지 못하자 감독님이 이런 이야기를 해주었다고 한다.

"연경이 어머님, 오전 훈련 끝나고 점심 먹잖아요. 그때 애들 쉬는 시간이 있어요. 다들 새벽부터 일어나서 달리고 훈련하면 말도 못 하게 지쳐요. 점심을 먹고 나면 배도 부르겠다, 그사이 낮잠을 자요. 근데 그때 체육관에서 공 소리가 나서 누구지 싶어 가보면 연경이에요. 작은데도 아주 독한 구석이 있어요. 저렇게 하는데 뭐라도 해내겠다 싶어요."

유년 시절 나의 하루는 동이 트지 않은 새벽부터 시작되었고, 운동장을 수십 바퀴 돌면서 시작된 훈련은 오전 수업을 제외하고 저녁까지 쉴 틈 없이 이어졌다. 잠시 휴식을 취할 수 있는 시간이 있었다면 식사를 하고 난 후, 바로 점심과 저녁 시간이었다. 그때 나는 이 두 번의 쉬는 시간을 나만의 훈련 시간으로 만들었다. 물론 나도 놀고 싶고 쉬고 싶은 어린 선수에 불과했다. 그러나 그때 나는 남들과 똑같이 훈련하면서 불안에 떨고 있을 수 없다는 생각이 들었다. 달콤한 낮잠을 자고 싶었지만 차별화된 지점을 만들기 위해서는 차별화된 노력이 필요했다.

어린 중학생이었던 내가 단순하게 생각한 것들이 어떻게 보면 가장 확실한 돌파구일지 모른다고 생각한다. 그래서 꿈을 좇아 분투하고 있는 사람들에게 말해주고 싶다. 내 힘으로 할 수 없는 것에 신경 쓰며 의기소침해하기보다 아무리 작은 것이라도 할 수 있는 것을 찾아 집중하고 가능한 목표를 세워보라고.

엄마는 감독님 말을 듣고 배구를 그만두도록 설득하고 다른 방향으로 진로를 돌리려는 생각을 접었다고 했다. 오죽 배구가 좋으면, 다른 친구들이 낮잠을 자는 동안에도 혼자 나와 체육관 벽을 상대 삼아 연습을 하겠냐는 생각에서였다.

어떤 일을 시작할 때 언제나 모든 조건이 다 갖춰진 상태이긴 어렵다. 오히려 그 반대일 경우가 대부분일 것이다. 그래서 내가 하고 싶은 일이 있어도 처음 시작하는 지점에서 바라보면 그 꿈과 자신이 서 있는 곳은 까마득한 거리가 있는 것처럼 보인다. 무수한 가시밭길과 장애물이 있으며, 예측할 수 없는 사건 사고처럼 포기하고 싶게 만드는 일들이 생겨난다.

처음부터 화려한 스포트라이트를 받으며 자신의 꿈을 찾는 사람은 없다. 누구나 미래를 두려워하고 불안해하며 꿈을 이룰 수 없는 조건들에 집중하고 좌절한다. 지금까지 배구 선수로 만나온 동료들을 떠올려보면 미래를 불안해하고 두려워하는 것은 신장이 큰 선수들도 마찬가지였다. 사람은 누구나 강점이 있으면 약점도 있다. 처음부터 강점을 타고난 선수들도 어떤 경우에는 노력을 게을리해서 실력이 부족해지고 다른 약점이 생기기도 한다. 또 경기에 집중하는 태도가 달라 경기 흐름을 보지 못하고 발전 속도가 느려지기도 한다.

내가 국가대표 선수가 되겠다고 목표를 세웠을 때 누군가 내 꿈을 듣고 비웃었을지도 모르겠다. 수많은 훈련을 반복하며 더욱 단단한 기본기를 쌓아야 했고, 확실한 서브 실력을 길러야 했으며, 국가대표는커녕 우선 주전으로 경기를 뛸 수 있도록 기회를 잡아야 하는 상황이었으니까. 그리고 그 길을 걸어가다가 잘못되면 어디에도 속하지 못한 채 프로 선수도 되지 못하고 사라질지 몰랐다. 그러나 나는 아주 간단한 사실을 알고 있었다. 미래의 일들은 그럴 수도 있는 가능성일 뿐이지 아무것도 결정되지 않았다는 사실을.

'결과는 끝까지 가봐야 안다.'

어린 시절의 내가 꿈을 이룰 수 없는 이유를 떠올리며 좌절했다면 어땠을까. 모두가 바라는 꿈에는 저마다 지나가야 할 과정이 있다. 그때마다 현실은 꿈에 대한 의지를 시험해보는 것처럼 포기할 만한 이유나 상황을 만들어낸다. 그러나 이에 설득당해서는 안 된다. 마음속에 간절하게 이루고 싶은 꿈이 있다면, 현실을 마주하고 보란 듯이 하루하루를 충실하게 자신의 노력으로 채워나가야 한다. 그렇게 한 걸음씩 나아간다면 어느새 손끝에 닿아 있는 꿈을 보게 될 것이다.

한계를
또 다른 가능성으로

_ 머리맡에 양말을 두고 자는 이유

"취침 준비 해라."

야간 훈련을 마치면 우리는 땀을 씻어내고 옷을 갈아입었다. 그런데 그 옷은 편히 잠들 수 있는 잠옷이 아니라 땀을 흘리기에 좋은 활동복이었다. 다음 날 신을 새 양말까지 꺼내어 머리맡에 가지런히 놓아두면 취침 준비는 끝난다.

새벽과 오전, 오후, 야간. 하루를 가득 채운 네 번의 훈련을 소화하고 나면 바닥에 머리를 대자마자 물살에 휩쓸려 떠내려가듯 잠에 빠져

든다. 누가 업어 가도 모를 정도로 깊게 잠들면 순식간에 밤이 지나 갔다. 아침을 시작하는 알람 소리가 어김없이 울리면, 또다시 하루의 시작이었다. 잠이 엉겨 붙은 눈꺼풀을 비빌 때면 시곗바늘은 새벽 5시 반을 가리켰다.

이불을 머리 위까지 끌어 올리며 바닥에서 몸을 꿈틀거리는 것도 잠시, 우리는 조금이라도 늦었다가는 감독님의 불호령이 떨어질까 무서워 몸을 일으켰다. 눈을 반쯤 뜬 채로 전날 밤 옆에 놓아둔 양말을 발에 꿰어 넣고 주위를 둘러보면, 모두가 까치집을 지은 머리를 하고 같은 동작으로 양말을 신고 있었다.

온몸에 오소소 소름이 돋을 정도로 추운 겨울, 기숙사 문을 열고 밖으로 나오면 찬 바람이 얼굴을 훅 덮쳐왔다. 새벽바람에 잠이 확 달아났다. 한 줄기 빛도 보이지 않는 운동장으로 얼어붙은 공기를 헤치고 비척비척 발을 옮기면 구보와 함께 본격적인 새벽 훈련이 시작되었다.

알람이 울리고 밖으로 나가기까지 걸리는 시간은 대략 3분. 우리가 잠옷이 아니라 활동복을 입고 잠드는 이유였다. 옷 갈아입을 시간을 아껴 조금이라도 잠을 더 자려고 했던 것이다. 눈을 뜨자마자 시작되는 훈련은 운동장 40바퀴를 달리는 것이었는데, 숨이 턱까지 차오르도록 달리는 일이 어찌나 고역이었는지 지금까지도 내가 가장 싫어하는 운동이 되었다.

해가 늦게 뜨는 계절에는 아무리 열심히 달려도 몸에 열이 오르지 않았다. 아니, 열이 나기는커녕 땀이 조금 흐르다 말고 찬 공기를 만나 그대로 얼어붙기 일쑤였다. 이마에 송글송글 땀이 맺혀 흐르다가도 눈썹과 속눈썹 사이에 걸려 차갑게 얼음이 되는 것이었다. 땀이 나는 곳마다 잔얼음이 서리면 입술이 새파랗게 변하면서 온몸이 덜덜 떨렸다. 사방이 캄캄한 운동장을 달리며 호흡을 하는 동안 차가운 바람이 몸을 통과하는 느낌이 들었다. 살갗에 소름이 돋았고, 입안에 도는 한기는 살갗을 파고들었다. 열을 올리려고 속도를 내다가도 잠시 숨을 고르면 도리어 추위가 역습해왔다.

나는 달리기를 잘 하지 못해 툭하면 동료들에게서 뒤처졌다. 한 치 앞이 보이지 않는 트랙 위를 숨이 차도록 달려도 혼자만 뒤처질 때면 두려움이 밀려들었다. 죽어라 노력해도 아무것도 달라지지 않는 것 같은 불안함, 아무도 손 내밀어주지 않는 구덩이에 빠진 듯한 외로움에 휩싸였다.

'과연 나에게도 기회가 올까?'

고민을 거듭할수록 불안이 점점 몸집을 키워 나를 덮쳐왔다. 매일 새벽, 운동장을 달리며 느끼는 막막함은 쳇바퀴처럼 반복되었지만, 아무리 머리를 쥐어짜보아도 눈이 번쩍 뜨일 만한 해결책은 없었다.

'배구 하고 싶다. 기회가 있을까? 이대로 후보 선수로 끝날지도 몰라. 그런데 정말 배구 하고 싶다. 기회가 오지 않을까?'

바보처럼 같은 생각만 끊임없이 되풀이할 뿐이었다.

탁, 탁, 탁, 탁.

사방이 고요한 가운데 운동장을 달리는 발소리만이 이어졌다.

그것은 텅 빈 내 마음속까지 울려오며 파장을 만들었다. 복잡한 생각들이 뒤엉켜도 그 시절의 내가 할 수 있는 것은 없었다. 계속 발을 내딛는 일 말고는.

_ 물아일체? 공과 일체!

팀에 어려움이 있을 때 대타로 들어가는 선수. 그 시절 나의 포지션이었다. 그때 나는 신장이 작아서 공격에 유리하지 않았고, 어느 한 부분에 특출한 기술이 있는 것도 아니었다. 여러모로 애매한 조건들을 가지고 있었던 나는 중학교를 다니던 내내 친구들이 경기에서 활약하는 모습을 지켜보며 벤치에서 시간을 보내야 했다.

중학교 졸업이 다가오면서 진로에 대한 고민이 극심해지기 시작했다. 감독님은 키는 아직 더 클 수도 있고, 무엇보다 지금 하는 훈련들을 잘 해내고 있으니 배구를 계속하라고 조언해주었다. 내가 늘 배우고 의지하던 감독님의 말이었지만, 막상 내 미래라고 생각하면 막막한 마음이 채워지지 않는 게 사실이었다. 이대로 하루하루 보내다가는 배구도 못 하고 다른 운동도 못 할지도 모른다는 두려움이 밀려들었다.

오랜 고심 끝에 나는 배구를 선택하고 고등학교에 진학했지만 고등학교 1학년이 다 지나도록 변화는 없었다. 키가 자랄지도 모른다는 가능성 하나에 많은 것을 건 나로서는 애가 타는 날들이었다.

'다른 친구들은 공부를 해서 대학 갈 준비를 하거나, 다른 운동으로 전향해서 자신에게 맞는 선택을 해나가는데……. 나는 이대로 괜찮을까?'

나는 아무것도 변하지 않고, 조금도 나아진 것 같지 않다는 생각에 괴롭기만 했다.

'경기에 나가기만 한다면 나도 잘 해낼 수 있는데.'

이런저런 생각을 거듭하면서도 나를 버티게 하는 것이 있었다면 이대로 그만둘 수는 없다는 억울함이었다. 언젠가 기회만 생긴다면 내가 가진 모든 것을 보여주리라는 생각. 그 생각이 나를 버티게 했다. 언젠가 단 한 번은 내게도 기회가 올 것이고, 그 순간에 지금까지 한 번도 물러나지 않고 꾸준히 쌓아온 내 실력을 보여준다면 또 다른 기회로 이어질지도 몰랐다. 나는 코트 밖을 서성거리며 운을 기다리지 말고 내가 할 수 있는 극복 방법을 찾아보기로 했다.

'공이 마치 내 몸의 일부인 것처럼 느껴질 때까지 연습을 해보자.'

그 시절 내가 무작정 시도한 방법은 공과 하나가 되는 것이었다. 자연 물과 내가 하나가 된다는 뜻을 가진 '물아일체'라는 말처럼, 공과 내가 하나가 되도록 감각을 익히자는 계획이었다.

사실 이런 방법은 오랫동안 기본을 닦아 실력이 쌓였을 때는 크게 효과가 없는 방법일지 모른다. 기본 실력이 있다면 이런 방법보다는 세밀한 부분을 개발하고 연구해서 자신만의 강점을 찾아 기르고, 그것 을 개성으로 만드는 것이 더 중요하니 말이다. 그러나 내가 한창 배구를 배우며 기본을 쌓아가던 시절에는 무작정 돌진하는 방법이 효과가 컸다. 그때 나는 작고 왜소한 체격이었기 때문에 경기 안에서 빠르게 날아오는 공을 다루기가 어렵게 느껴졌었다.

그래서 공이 마치 내 몸의 일부처럼 친숙해지도록 항상 공을 지니고 있으면서 감각을 몸에 새겨두고 싶었다. 나는 쉬는 시간에 공을 가지고 이리저리 움직이는 것은 물론이고, 밥을 먹을 때도 공을 끼고 먹었고, 주말에도 공을 손에서 놓지 않았다. 틈만 나면 튕겨보거나 굴리면서 배구공으로 할 수 있는 행동은 무엇이든 했다. 심지어 잠을 잘 때도 공을 끌어안고 잤으니 '물아일체'가 아니라 '공과 일체'라고 해도 과언이 아니었을 것이다. 아마 그 시절의 나를 누군가 보았다면 배구를 좋아한다기보다 미쳐 있다고 했을 것이다.

_ 한계를 넘어

공에 대한 감각을 익숙하게 하는 방법 외에 내가 떠올린 것은 수비였다. 단신의 선수에게 가장 적합한 역할이자 가장 잘 해낼 수 있는 역할은 아무리 고민을 해봐도 수비수였다. 포기를 하거나 현실을 받아들이고 노력으로 승부해보거나, 내가 선택할 수 있는 것은 둘 중의 하나였다.

본격적으로 리시브를 중점에 두고 훈련을 하기 시작했다. 공을 받아내는 기본자세를 확실히 잡고, 여러 가지 변수에 따른 공들을 받아내려고 노력했다. 경우의 수를 머리로 아는 것은 한계가 있으므로 무조건 몸을 움직이는 수밖에 없었다. 수백 번이고 수천 번이고 공을 받아보면 몸이 알아서 기억하고 결정적인 순간에 반응할 테니 말이다. 팀으로 이루어지는 리시브 훈련 외에도 벽에 공을 던지고 다시 받는 연습을 했다.

하루 종일 울리는 소리들이 이어졌다. 벽에 공이 부딪쳐 방향을 바꿀 때마다 텅텅 울리는 소리와 빈 운동장을 달리는 내 발 소리. 오로지 그 소리들만으로 하루를 채워가는 날들이었다.

'할 수 있을 때까지 최선을 다해보자.'

애써 마음을 다잡으면서도 배구를 포기하고 싶지는 않았다. 배구를 선택하고 시작하는 순간 끝까지 포기하지 않겠다고 엄마와 약속했으니 내 손으로 포기하는 것을 스스로 용납할 수 없었다. 키가 작은 선수라면 리시브를 잘하면 된다. 리시브에 특출한 선수가 되어서 팀에 필요한 가치를 만들어내자. 돌아설 수 없다면 정면으로 돌파하는 길뿐. 누가 이기나 해보자는 오기가 절반은 섞여 있었던 이 방법들은 시간이 흐르면서 효과를 보이기 시작했다. 그리고 내가 생각지도 못했던 일들을 해내도록 만들어준 단단한 디딤돌이 되었다.

사실 그때의 기억을 떠올리면, 마음 한구석이 아린 듯하다. 그때는 이를 악물고 버텨야 한다는 생각뿐이었고, 그 하루하루가 나에게는 언제 끝날지 모르는 긴 터널을 지나는 것처럼 느껴졌으니까. 그러나 이제는 알고 있다. 그때의 내가 멈추지 않고 달려왔기에 지금 이곳에 내가 있다는 것을 말이다. 모두가 잠든 시간, 배구를 계속하고 싶다는 생각 하나로 텅 빈 운동장을 달리던 나에게 외롭고 힘든 시간을 잘 견뎌주어 고맙다고 말하고 싶다.

아마 지금 이 순간에도 내가 해가 뜨지 않은 새벽을 달렸던 것처럼 도저히 앞이 보이지 않는 꿈을 위해 이를 악물고 간절하게 노력하는 사람들이 있을 것이다. 누구에게나 하고 싶은 일이 있지만 인생은 탄탄대로를 열어주지 않을 뿐 아니라 때로는 거대한 장벽을 세워두기도 한다.

그러나 가까이 가서 힘껏 점프해보고 그 높이를 직접 부딪쳐 가늠해보면서 어떻게 넘어갈지 온갖 방법을 찾아보길 바란다. 처음 그 벽을 마주했을 때에는 도저히 넘을 수 없을 거라는 좌절감에 절망하겠지만, 오래되면 그조차 익숙해진다. 때로는 벽을 만만하게 보면서 별거 아닌 듯이 여기는 순간도 필요하다. 그까짓 거 넘어버리겠다는 마음으로 가능한 방법을 찾아보며, 나만의 방식으로 길을 찾아보는 것이다. 그러면 어느 순간 그 무수한 노력들이 하나의 연결고리처럼 이어지면서 기적 같은 일들이 벌어질 것이다.

나는 사람들이 어깨를 늘어뜨린 채 실망한 얼굴로 돌아서지 않기를, 이를 악물고 열정적으로 도전해보기를 바란다. 벽을 넘어서는 순간이 오면, 자신이 한계라고 여겼던 것들이 또 다른 가능성에 불과했다는 것을 깨닫게 될 것이다. 그리고 직접 눈으로 보면 믿게 될 것이다. 벽

너머에 있는 새로운 세계가 오로지 벽을 넘어서는 자신만을 기다리고 있었다는 사실을 말이다.

관찰하고 분석하고
응용하고 감각하다

_ 심심하니까 경기 분석

'아, 공이 저렇게 들어올 때는 팔을 앞쪽으로 더 뻗어서 받아 올리는구나.'

'저런 식으로 빈틈이 생기면 공격당할 때 속수무책이구나.'

'오히려 속도를 줄였는데도 블로킹에 걸리지 않네. 어떻게 한 거지?'

'저 정도 속도라면 받아내기 정말 어렵겠어.'

'서브 자세가 정말 안정적이다. 무릎 각도가 어느 정도일까?'

만년 후보 선수였던 시절 벤치에서 몰두하던 일이 있었다. 바로 경기

분석이다. 아마 그때 머릿속에 지나가는 생각들을 말로 내뱉었다면 마치 경기 해설자처럼 보였을지도 모르겠다.

지금이야 경기 분석이 얼마나 중요한지 모든 선수가 알고 있고, 실제로 경기를 파악하는 것을 다음 경기를 준비하기 위한 가장 중요한 방법으로 인지하고 있다. 그러나 그때는 아니었다. 경기를 돌이켜보며 분석해야 한다고 아무도 가르쳐주지 않았고, 체계적인 방법을 일러주지도 않았다. 그러면 중학생이었던 내가 스스로 발전하기 위해 알아서 척척 방법을 찾아 노력했던 거냐고? 그런 것은 아니다. 구체적으로 설명하면, 교체 선수로 대기하는 시간을 지루하지 않게 보낼 수 있는 나름의 노하우였다.

이전에도 말했지만 나는 잠시도 가만히 있지 못하는 성격이다. 어릴 때는 지금보다 훨씬 더 활발하고 에너지가 넘쳤다. 가만히 경기를 지켜보고 서 있을 바에야 목청이 터져라 응원을 했고, 경기 내내 소리를 지르지 못하면 마치 경기를 뛰고 있는 것처럼 몰입해서 흐름을 파악했다. 눈으로 숨 가쁘게 배구공을 쫓으며 내 머릿속에 그려진 코트 위에서 동선을 그리고 점프하는 것. 이것은 시간을 활기차게 보내기 위한 나만의 대안이었다.

경기를 지켜보면 유독 눈길을 끄는 선수들이 있다. 보통 그런 선수들은 실력이 뛰어나거나 특이한 자세로 움직이는 선수들이다. 나는 그들이 나와 다른 점이 무엇인지 알고 싶어 눈에 불을 켜고 움직임 하나하나를 관찰했다. 서브를 받을 때 언제 이동해서, 어떤 식으로 자세를 잡는지, 혹은 공격에 들어갈 때 어느 시점에서 점프를 하고 상대 팀의 블로킹을 어떻게 뚫는지. 평소 훈련 중에 잘 풀리지 않았던 부분이나 의문들을 다른 선수들의 움직임을 통해 하나씩 해결해 나갔다.

시간이 지나자 나의 이런 습관은 일상생활에서도 나타났다. 호기심이 생기거나 눈길을 끄는 대상을 관찰하고 흉내 내며 장난을 치기도 했다. 훈련이 끝나고 기숙사에서 친구들과 함께 있을 때면 주로 연예인을 따라 했다. 그때 인기가 많았던 예능 프로그램을 보면서 가수들의 노래와 춤도 곧잘 흉내 내곤 했다. 조금만 지루하다 싶으면 주저 없이 일어나 당시 유행하던 춤과 동작들을 보여주며 분위기를 돋웠다. 그때 내가 어딘지 어색한 동작으로 몸을 흔들거나 노래를 불러대면 친구들도 함께 장단을 맞추거나 역할을 정해가며 가세하기도 했다. 그럴 때는 체육관에서 사는 운동선수들이 아니라 낙엽만 굴러도 깔깔대며 웃는 영락없는 10대 소녀들이었다.

텔레비전에 나오는 연예인만 따라 한 건 아니었다. 가장 가까이에서 함께 생활하는 코치님과 감독님의 모습도 눈여겨보고 곧잘 따라 했다. 훈련을 할 때 똑같은 자세를 시범으로 보여주어도 코치님마다 하는 방식이 미묘하게 달랐다. 나는 그 차이를 눈여겨보았다가 정말 비슷하게 흉내를 냈다.

"저 코치님은 공을 이렇게 받으면서 팔을 이런 식으로 하지 않아?"

내가 이렇게 저렇게 시범을 보이면 친구들은 고개를 끄덕이며 웃음을 터뜨렸다. 물론 그저 조용히 뒤에서 흉내를 낸 건 아니었다. 감독님이나 코치님 앞에서 흉내 내기를 하다 종종 꾸지람을 듣기도 했다.

_ 판단력이 감각이 될 때까지

코드 안에 들어가 있으면 시야가 가까워서 상대 팀 선수들의 움직임을 원활하게 파악하거나 전술을 알아차리기 어렵다. 그리고 날아드는 공을 받아내고 공격하는 일에 집중하다 보면 자신의 자세를 유지하면서 팀에 도움이 되는 역할을 해내기에도 정신이 없다. 그러나 코트 밖에서 많은 시간을 보내면서 나는 자연스럽게 관찰력을 기르게 되었고, 어느 정도 경기 흐름을 볼 수 있는 시야가 생겼다. 물론 그런 습관들이 쌓여 나중에 이런 식으로 도움이 될 거라고는 전혀 예상하지 못했지만 말이다.

모든 분야가 마찬가지겠지만 배구도 기본자세가 정해져 있다. 그러나 선수마다 훈련 기간이나 신체 조건이 다르기 때문에 시간이 흐르면서 각자만의 방식으로 자세가 나오기 시작한다. 나는 잘하는 선수들은 나랑 어떤 점에서 차이가 있는지 궁금했고, 특이해 보이는 선수들은 어떤 자세로 인해 그렇게 보이는지 정확히 알고 싶었다.

경기를 마치고 숙소로 돌아온 후에는 기억해둔 자세들을 떠올리며 공을 들고 직접 따라 해보았다. 경기에서 선수들이 흐름을 어떻게 만들어가는지 지켜보며 터득해둔 것을 몸으로 기억하고 내 것으로 만들기 위한 시간이었다. 또 내가 평소에 가진 의문들을 해결할 수 있는 자세나 타이밍을 기억해두었다가 직접 공을 타격하면서 나에게 맞는 방법과 기술을 찾아가며 내가 가진 문제들을 해결하기 위해 노력했다.

예를 들어 서브 자세를 안정적으로 만들어 수비력을 높이고 싶은 목표가 생겼다고 하자. 이때 단지 교과서에 나오는 자세를 익히고 반복한다고 해서 수비력이 높아지는 것은 아니다. 물론 기본이 중요하고 그것이 출발인 것은 분명하며 기본이 완벽하면 어느 정도까지 수비에 대한 감각을 높일 수 있다. 그러나 그것은 그야말로 기본이다. 수학으로 치면 기본 공식을 배운 것이다. 모두가 알다시피 기본 공식 하나를 외운다고 해서 그와 관련된 모든 응용문제를 풀어낼 수는 없다. 그것은 그야말로 기본에 불과하니까. 이 공식을 이용해 다양한 문제들을 풀고 또 풀면서 하나의 공식이 어떻게 활용되는지 경험해야 진짜 내 실력이 된다.

이것이 바로 배구에서는 기본자세를 몸에 익히고 나서 다양한 상황에서 응용할 수 있도록 훈련해야 하는 이유다. 공의 속도가 굉장히 빠를 경우 받아내는 손의 미세한 각도 차이로도 반동의 각도가 완전히 달라진다. 이것은 보통 사람이 느끼기에는 너무 작은 차이거나 선수 본인도 계산하고 움직이는 것이 아닌 감각 그 자체다. 만약 이것을 제대로 조절하지 못하면 경기 중에 내가 받은 공이 우리 팀에게 도리어 어려운 공이 될 수도 있다. 그러므로 평소 여러 가지 상황과 경우를 지켜보고 관찰한 후 훈련 시간에 직접 이런저런 자세와 속도와 방향 등을 바꾸어 몸이 기억하도록 해야 한다. 이런 과정을 거치면서 의문을 해결해 나가다 보면 그 시간들이 쌓여 경기 중에 순간적인 판단력으로 나오게 된다.

순간적인 판단력은 배구 선수에게 꼭 필요한 것이지만, 말처럼 쉬운 것이 아니다. 이것은 판단이라기보다 감각에 더 가깝기 때문이다. 프로 신수가 된 이후 내 신장은 192cm이고, 공격을 위해 뛰어와 점프를 했을 때 타점 높이는 3m가 넘는다. 그리고 달려오는 속도와 뛰어올라 휘두른 팔의 반동을 이용해 공을 타격했을 때의 속도는 시속 80km 정도다. 이때 허공으로 날아올라 체공하는 그 짧은 순간에 블로킹을 시도하는 상대 선수들의 움직임을 읽고, 공의 방향을 정한 다음 빈 공간으로 공을 보내 득점으로 이어지도록 행동하는 것을 두고 '순간적인 판단력'이라고 한다. 눈 한 번 깜빡이는 찰나이기 때문에 판단력보다 감각에 가깝다고 볼 수 있다.

감각은 한순간에 생겨나는 것이 아니다. 처음에는 기본자세를 배우고, 그 이후에는 내가 가진 착오와 실수들을 하나하나 고쳐나가고 의문들을 풀어가는 과정을 통해 형성되는 것이다. 여러 가지 상황을 마주하고 대처하면서 기본자세를 응용하는 범위를 넓혀나간 후 매일의 훈련과 반복되는 경기 속에서 쌓여나가는 게 '감각'이다.

내가 그때 벤치에서 아무 생각 없이 경기를 지켜보며 그 시간을 흘려보냈다면 지금 나는 여기까지 오지 못했을 것이다. 아무리 작은 경기라도 매 순간 배울 수 있는 기회로 받아들이고, 그 순간들을 적극적으로 활용했다. 자신을 부정하고 비관하며 고개를 숙이는 것보다 목이 터져라 응원하고 마음으로, 상상으로 함께 경기를 뛰는 것이 나에게 훨씬 도움이 되었다고 생각한다. 그리고 이는 내가 기대했던 것보다 훨씬 더 많은 것을 나에게 가르쳐 주었다.

_ 코트 위에서는 나를 믿어야 한다

터키에서 활약하고 있는 지금도 경기 분석을 한다. 물론 예전에 비하면 훨씬 체계적이고 날카로운 분석이다. 내 포지션은 레프트다. 레프트는 팀에서 공격과 수비 모두를 해내야 하는 포지션이다. 그래서 경기 분석을 할 때도 공격을 중심으로 상대 수비 포지션을 눈여겨보며 연구를 한다.

경기가 끝나면 팀에서 편집된 영상이 넘어오는데 공격이나 시간별 등으로 나누어져 있다. 내가 구체적인 요청을 하면 특정한 공격 장면만 편집해서 보내주기도 하는데 보통 이런 경우는 내가 경기 중에 의문을 품거나 다시 제대로 확인해봐야겠다고 생각했을 때다. 예를 들어, 내가 C속공을 하는데 불안정하다는 느낌이 들면 C속공을 하는 내 모습을 모조리 편집해 계속 연이어 각 상황마다 C속공 공격을 하는 내 자세를 들여다본다.

'누가 있을 때 변화하지? 비어 있는 공간이 어디지? 블로킹을 시도할 때 어떤 식으로 움직이지? 어떤 손이 가장 약하지?

이때는 거의 동작이나 타이밍, 속도, 자세 등을 뜯어본다고 표현하는 편이 더 알맞을 것이다. 이렇게 계속 영상을 통해 나의 모습을 확인하면서 내가 느꼈던, 정확히 이유를 알 수 없는 불안정한 느낌에 대한 원인을 찾을 수 있고, 이를 보완하기 위한 맞춤 훈련을 할 수도 있다.

터키 리그에서 오래 활동하다 보니 이제는 상대 팀 선수들의 버릇을 거의 파악하고 있다. 이는 경기에 큰 도움이 된다. 만약 수비를 할 때 항상 오른쪽으로 움직이는 선수가 있다고 하자. 그 선수에게 왼쪽으로 속공을 보내면 무의식적으로 오른쪽으로 몸이 반응했다가 공을 보고 왼쪽으로 움직인다. 처음부터 왼쪽으로 가면 잡을 수 있는 공인데 간발의 차이로 흘려보내 실점을 하는 것이다. 이와 마찬가지로 가만히

A속공(A퀵) : 세터와 공격자간의 거리가 1m 내외일 때의 스파이크 공격
B속공(B퀵) : 세터와 공격자간의 거리가 2~3m 정도일 때의 스파이크 공격
C속공(C퀵) : 세터와 공격자간의 거리가 3~5m 정도(코트 좌, 우 길이의 절반정도)일 때의 스파이크 공격
D속공(D퀵) : 잘 쓰이지 않지만 코트 좌에서 우까지의 거리를 두고 세터와 공격자가 시도하는 공격

레프트 : 공격형 레프트는 주로 왼쪽 공격을 담당
라이트 : 오른쪽 공격을 주로 담당
센터 : 팀의 속공과 동시에 상대 스파이커를 1차적으로 막기 위한 블로커의 역할
세터 : 공격수들이 공격하기 좋게 패스(토스)해주는 역할
리베로 : 리시브 및 디그, 즉 주로 수비만을 위한 포지션

있다가 공을 잡는 선수들도 있고 반대로 왼쪽부터 반응하는 선수도 있다.

이런 버릇은 선수들 각자의 특징 같은 것이다. 그래서 스스로 이를 알고 약점으로 생각된다고 하더라도 고치기가 쉽지 않다. 사람들이 매일 반복하는 습관적인 실수를 알면서도 잘 고치지 못하는 것과 마찬가지다. 나이가 어린 선수들은 강하게 의식해서 반복적으로 훈련을 하면 나아지지만, 연륜이 있는 선수일수록 오랜 시간 몸에 붙은 습관을 고치기란 어려운 일이다.

중요한 것은 여기서 경기 분석은 나만 하는 것이 아니라는 점이다. 리그가 거듭되면서 경기는 치열해지고 각 나라의 국가대표급 선수들이 모여 자웅을 겨루다 보면, 경기 분석을 바탕으로 한 장단점은 본인보다 경쟁 선수들이 더 잘 알고 있을 정도다. 기본적인 사항을 숙지하지 못하고 정확한 판단을 하지 못하면 실력을 유지하기도 어려워진다.

경기를 전체적으로 보면서 흐름을 보는 것도 방법이고, 공격마다 편집된 영상을 반복적으로 보면서 세세하게 뜯어보는 것도 방법이다. 이제 이런 분석은 기본적인 노력이다. 게다가 경기장에 들어서면 그 많은 생각과 정보들은 사칙연산에 불과하다. 배구는 몸으로 감각으로 흐르는 경기다. 그래서 머리에 너무 많은 생각이 들어와 정보를 바탕으로 한 논리적인 판단이라는 것을 하기에는 매 순간이 아주 짧은 공격과 수비의 연속이다.

평소의 분석과 훈련을 바탕으로 코트 위에 서 있는 나를 믿어야 한다.

그것이 가장 중요하다. 생각이 너무 많아지면 오히려 아무것도 할 수 없다. 경기는 좋은 상황만 있는 것이 아니고, 오히려 불리하고 어려운 상황일 때가 많다. 이 때문에 이성적으로 판단하기에 매우 비관적인 상황을 마주할 수도 있다.

'이번 경기는 거의 놓쳤군.'

'이번엔 진짜 가망이 없어.'

'우리 팀 선수들은 부상이 심하고 전력도 좋지 않고 지금 내 체력도 고갈된 상태잖아?'

그러나 이상한 것은 그때부터 본격적인 승부가 벌어진다는 점이다. 아무리 생각해도 이길 수 없을 것 같은 순간에 비논리적인 믿음과 열망은 더 강렬하게 끓어오른다. 이때는 분석했던 모든 것을 떠올리기보다는 그것이 순간적으로 상황을 극복할 수 있도록 감각적으로 발현시켜야 한다. 그 순간이 오면 나는 거의 생각이 없는 상태가 되고 그저 지금까지 노력해온 나 자신을 완전히 믿고 그에 따라 움직인다. 가장 중요한 순간에는 복잡한 생각을 하지 않는다. 그 누구보다 경기를 이기고 싶어 하는 나 자신을 믿을 뿐이다.

바둑 프로기사들은 경기가 끝나면 복기를 한다고 한다. 이는 바둑을 두었던 순서대로 다시 놓으며 매 순간 어떤 결정을 하고 그것이 어떤 식으로 영향을 미쳐 흐름을 이어갔는지 다시 확인하고 공부하는 과정이다. 이때 고수들은 순서대로 기록이 적힌 기보가 없어도 복기가 가능하다고 한다. 어떻게 그것이 가능할까. 고수들은 이에 이렇게 대답했다. 그때마다 할 수 있는 최선의 선택은 한두 가지뿐이어서 처음의 바둑알을 기억하고 연결해나가다 보면 모든 자리를 기억해낼 수 있다고.

경기도 마찬가지인 것 같다. 매 순간 최선을 다해 움직이고, 흐름을 잘 알고 최대한 자신의 기술을 전략적으로 펼쳐 집중을 하고 나면 그 모든 순간이 선명하게 기억에 남는다. 그것은 승리한 경기든 패배한 경기든 상관없다. 결과가 어떻게 나오든 자신이 그 순간에 후회하지 않을 만큼 최선을 다했는지가 중요하다. 후회가 남지 않을 정도로 힘을 쏟아부은 경기는 마음에 짐으로 남지 않는다. 그리고 경기를 복기 하면서 다음 경기를 향한 희망을 가질 수 있다.

스스로를 믿고 몰입하는
순간이 기적을 만든다

_ 말하는 대로? 표현하는 대로

네트를 넘어 빠르게 공이 날아오자 동료 선수가 재빨리 움직이며
리시브를 시도한다. 손을 맞고 방향을 바꾸어 다시 허공으로 날아오
르는 공. 나는 공을 향해 뛰어오르며 상대 팀 선수들을 빠르게 훑는다.
계산이나 계획이라기보다 순간적인 감각에 더 가까운 찰나, 나는
그동안 쌓아온 경험과 몸에 새겨둔 감각들에 집중하며 스파이크를
날린다.

　팔을 휘둘러 빠르게 공을 내리치자 반대편에서 두 팔을 길게 뻗은

선수들이 점프하며 블로킹을 시도한다. 내 손을 맞고 날아간 공이 순간적으로 보았던 빈틈으로 빨려 들어가듯 정확하게 흘러 들어간다. 상대 선수의 팔을 지나, 리시브를 하기 위해 달려드는 선수를 지나, 빠르게 내리꽂힌 공이 바닥에 부딪치며 경쾌한 소리를 낸다. 바닥에 두 발을 착지하는 순간 온몸에 흐르는 짜릿한 전율. 나는 그 감각을 온몸으로 표현하며 두 손을 불끈 쥐고 동료들을 향해 뜨거운 환호성을 지른다.

"득점을 하고 나면 소리를 크게 지르던데 이유가 뭔가요?"

"경기 전에 파이팅을 외치면서 점프를 힘차게 뛰던데, 경기도 시작하기 전에 힘이 빠지는 거 아닌가요?"

"비행기 세리머니는 미리 생각해두고 있던 건가요?"

"환호성이 크면 경기에 도움이 되나요?"

한국에서 나는 표현에 대한 질문을 많이 받는다. 아마 경기 상황마다 내가 보여주는 리액션이 유달리 크고 적극적이기 때문인 듯하다.

우리나라는 어떤 일에 대해 크게 감정을 드러내지 않는 것을 미덕으로 삼는다. 함께 놀이를 해도 이긴 사람이 크게 환호하지 않고 진 사람도 직접적으로 드러내지 않는다. 그리고 경기가 아니더라도 어떤 일들에 대해 직접적으로 감정을 표현하는 것을 자제한다. 최근에야 자신의 감정을 솔직하게 드러내자는 흐름이 생겼지만, 아직도 어색하게 느끼는 게 사실이다.

경기에서 득점을 한 후 동료들과 기쁨을 나누고 표현하면 또 다른 에너지를 이끌어낸다고 생각한다. 어렵게 연결한 공이 득점까지 이어져도 조용히 지나간다면 그저 득점 한 번으로 지나가지만, 기쁨을 나누고 표현하면 에너지까지 얻을 수 있기 때문이다. 그 에너지는 좋은 흐름을 만들어내고 그것을 이어가면 득점을 성공시킬 수 있다는 자신감이 생겨난다.

경기에 나오는 선수들은 각각의 기량에 차이가 있지만 그래 봐야 종이 한 장 차이다. 다들 국가대표급 선수들이기 때문이다. 또 포지션에 따라 장단점도 달라서 누군가가 압도적으로 뛰어나거나 확실하게 우위에 서 있다고 할 수 없다. 그렇기에 배구에서 승부를 가르는 것은 팀원끼리 얼마나 좋은 흐름을 만들어가는가에 달려 있다.

단지 환호성을 지르는 것이 아니다. 서로에게 힘을 불어넣으면서 경기를 이끌어나가는 것이다. 그리고 서로에게 힘이 생겨나도록 의기투합하는 것이다.

공이 팀원들 손을 지나며 하나의 방향으로 흘러가고, 그 좋은 흐름에 타격 타이밍이 생길 때 오랜 훈련을 바탕으로 쌓아온 감각이 맞아떨어지면, 날카로운 공격이 가능해지고 그것은 상대 팀의 블로킹을 뚫게 된다.

표현으로 에너지가 생기는 일은 득점 상황에만 해당하지 않는다. 매번 공격 시도가 성공하면 좋겠지만 경기 내내 느껴지는 긴장감과 날선 공격을 받아내다 보면 실수가 나오기 마련이다. 그런 경우 대부분 선수 본인이 가장 먼저 문제를 알아차린다. 자신이 어떤 실수를 했고,

어떤 동작을 했어야 했는지 바로 인지한다. 그렇기에 어깨를 두드리는 격려도 필요하고, 정확한 지적도 필요하다.

상황에 따라 다르겠지만 서로에게 피가 되고 살이 되는 일이라면, 안으로 삼키지 말고 표현해야 한다. 상대가 무언가를 지적했다고 해서 기분 나빠할 필요도 없다. 그것은 함께 발전하기 위한 것이고, 서로에게 믿음이 있기에 오히려 바로 이야기할 수 있는 것이니까. 그리고 나의 실수는 객관적인 시선에서 가장 정확하게 보인다. 내가 눈치채고 분석하고 판단하기보다 옆에서 함께 훈련해온 동료가 이야기할 때 가장 빨리 보는 경우도 있다. 그러므로 누군가 나에게 애정을 바탕으로 하는 말 하나하나에 신경을 쓰기보다 함께 발전하려는 마음을 이해하고, 서로에게 도움이 되는 대화를 해야 한다. 때로는 날카로운 지적이 서로에게 약이 되어 경기력을 향상시키고, 승리를 향해 나아가는 원동력이 된다.

말 한 마디가, 눈빛 하나가 그 어떤 것보다 힘이 될 때가 있다. 등을 토닥이며 위로하는 것, 환호로 득점의 기쁨을 나누는 것, 이런 것들이 모여 승리를 향해 점프할 수 있는 에너지를 만든다. 마음속에 있는 감정을 솔직하게 표현하고 감정을 나누고 공감하자. 그것이 팀워크의 핵심이며 깊은 관계를 이어갈 수 있는 열쇠다. 공감을 바탕으로 함께 하는 시간들이 쌓이면 눈빛만 스쳐도 수많은 것이 전달되는 것처럼 말이다.

내가 어릴 때부터 쾌활한 성격이었는지 엄마에게 물어보자 무려 세 살까지 거슬러 올라간 이야기를 해주었다. 요약하면 이런 이야기다.

오래전 엄마랑 친한 이웃 아주머니가 있었는데 우리 집에 자주 놀러와 시간을 보내곤 했단다. 그 아주머니는 특히 나를 무척 예뻐했는데 하루는 칭얼대지도 않고 방긋방긋 웃기만 하는 나를 보고 이렇게 말했다.

"아슈크림 하나 사줄게. 노래 하나 불러봐라."

아슈크림이라는 소리에 귀가 번쩍 뜨인 어린 나는 곧바로 아끼던 장난감 마이크를 손에 들고 자신의 무대를 찾아가듯 식탁 위로 올라가 잘 되지도 않는 발음으로 신나게 노래를 불렀다. 아슈크림, 아이스크림을 먹겠다는 일념으로 말이다.

엄마는 고작 세 살짜리가 식탁을 무대 삼아 노래를 부를 정도니 타고난 성격이 활발한 것이 아니겠냐고 말했다. 그리고 이미 딸을 둘이나 키운 엄마가 보기에도 막내딸 성격은 남달랐다고 했다.

보통 여자아이들은 수줍음을 많이 탄다. 함께 놀고 싶은 친구가 있어도 마음과 달리 잘 다가가지 못하고 몸을 뒤로 빼며 말을 잘 하지 못한다. 그러나 나는 어릴 적부터 친구를 하고 싶으면 먼저 다가가 스스럼없이 말을 걸었고, 오랫동안 함께 놀던 친구처럼 처음 만난 친구들과 잘 어울렸다. 부끄럽고 쑥스럽다는 생각보다 새로 만난 친구와 신나게 뛰어놀고 싶은 마음이 더 컸던 것이다. 게다가 눈앞에서 재밌게 놀고 있는 아이들을 보면 그 속에 들어가 함께 어울리지 않고는 못 배겼다.

배구를 시작하고 숙소 생활을 하면서도 성격은 한결같았다. 전지훈련을 가서도 무대만 생기면 마이크부터 잡았다. 하루 종일 힘들게 훈련을 하고 저녁까지 먹고 나면 다들 지쳐 있기 마련인데 그때 내가 무대로 나와 분위기를 띄웠다. 어떤 때는 반싹이 옷을 입고서 어설픈 춤을 추며 노래를 부르기도 했다. 그러면 무겁게 가라앉아 있던 분위기도 리듬을 타고 뜨겁게 달아올랐다. 여기저기서 웃음이 터져 나오고 환호를 하면 덩달아 나도 기분이 좋아졌다. 목청을 높여 신나게 노래를 부르고 나면 쌓였던 스트레스가 모두 날아가 버리는 기분이었다.

경기에 나가서도 예외는 아니었다. 코트 위에 있을 때보다 벤치에 앉아 있는 시간이 길었지만, 우울하게 앉아 있는 대신 목이 터져라 응원했다. 처음 중학교에 입학했을 때는 선배들을 응원하는 것이었지만, 학년이 바뀌고 주전 자리에 후배들이 들어왔을 때도 마찬가지였다. 어쩌면 남들이 보기에는 자존심도 없냐고 생각할 수 있는 상황이었다. 후배들에게 밀려 경기에 나가지 못했다고 볼 수 있는 상황인데도 오히려 신나게 응원을 했으니 말이다.

하지만 생각해보면 그 응원은 나를 비롯한 모두를 위한 것이었다. 우선 경기에 나가 땀 흘리며 뛰고 있는 친구들과 후배들에게 힘을 불어넣어줄 수 있었고, 나 또한 가만히 신세 한탄을 하기보다 할 수 있는 것에 최선을 다하며 순간을 즐길 수 있었기 때문이다. 선배로서의 자존심이나 사람들의 시선은 나에게 별로 중요하지 않았다. 우리 팀이 경기에 이기고, 내가 어떻게든 도움이 될 수 있다는 사실만이 중요했다.

_ 대담하게 점프하라

주전이 되어 활약하고 있는 지금도 나는 코트 위에서 목이 쉴 정도로 소리를 지르고 환호한다. 경기에서 에너지를 만들어낸다고 믿기 때문이다.

배구는 단체 경기이기 때문에 팀워크가 승패를 좌우하는 핵심적인 요소다. 그리고 표현은 감정을 소통하고 팀과 공감하는 방식이다. 경기가 풀리지 않을 때도 주먹을 불끈 쥐고 동료와 의지를 다지는 게 큰 힘이 된다.

관중의 환호성도 마찬가지다. 다리가 후들거리고 온몸은 땀이 비 오듯 흘러내리고 경기가 제대로 풀리지 않을 것처럼 막막해져도 응원하는 소리가 귓가에 들려오면 다시 힘이 끓어오른다.

이것은 나로서도 설명하기 어려운 에너지다. 경기 중간에 에너지 음료를 먹은 것도 아닌데 단지 우리 팀의 승리를 응원하는 누군가의 목소리만으로도 다시 점프할 힘이 생기다니 말이다.

'그거 해서 뭐해.' '단지 파이팅을 외치는 것뿐이잖아.' 그렇게 단정 지은 채 무표정한 얼굴로 코트 위를 누비고 싶지는 않다. 나는 코트 위를 뛰는 그 순간만큼은 표현하고 응원하고 의지를 드러낼수록 승리의 깃발에 가까워진다고 믿는다. 실제로 이 믿음은 언제나 결정적인 순간에 나에게 에너지를 불어넣었고 중요한 역할을 해주었다.

때로는 합당한 이유나 확실한 증거 없이 스스로를 믿고 몰입하는 순간이 필요하다. 그 어떤 상황에도, 나는 할 수 있다고 믿는 것이 말도 안 되는 결과를 만들어낼 수 있다. 누가 더 이길 수 있는 확률이 높은지는 중요하지 않다. 경기가 시작하고 코트 위에 서면 전력이 좋은지, 컨디션이 좋은지, 에이스가 있는지 같은 여러 가지 사실들은 그저 부가적인 사항에 불과하다. 경기가 끝나고 나면 누가 이기고 졌는지 승패만이 남기 때문이다.

경기에 진 이유는 경기마다 다양하다. 공격수의 부상이 흐름을 바꾸었을 수도 있고, 초반의 실수가 원인이 될 수도 있고, 경기 전략이 잘못되었을 수도 있다. 그러나 이기는 이유는 하나다. 그런데도 이기는 것이다.

나는 평소 경기를 목표로 체력을 기르고 훈련을 하며 준비하는 시간을 갖는다. 그러나 코트 위에 들어가는 순간 모든 것을 잊는다. 허공에 주사위를 던진 것처럼 손에 쥐고 있던 모든 것을 내려놓는다. 그리고 이기기 위해 온 힘을 쏟아붓는다.

코트 위에서는 딱 하나만 생각한다.

'무조건 이긴다.'

어차피 몸은 매일매일 단련해온 만큼 따라줄 것이며, 흐름은 내가 믿는 만큼 달라질 것이기 때문이다. 내가 경기를 승리로 이끄는 비결은 바로 이것이다. 오래 꾸준히 노력하되 경기가 시작되면 모든 것을 잊는 것. 코트 위에서는 긍정적인 결과만 머릿속에 그리며, 자신을 믿고 대담하게 점프해야 한다.

당연한
승리는 없다

_ 울지 않는 아이

엄마는 내가 조금 이상한 아기였다고 한다. 보통 갓난아기들은 배고플 때 울고, 아플 때 울고, 누군가 보이지 않아도 운다. 그런데 나는 얼굴이 붉어질 때까지 열이 오르는데도 울지도 않고 끙끙거리며 참고 있었다고 한다.

"정말 이상한 아이야. 왜 울지도 않지?"

엄마는 걱정이 되면서도 어쩐지 이상하게 느껴졌다고 했다.

그 이후로도 나는 잘 울지 않는 아이였다. 게다가 어떤 상황에도 여간해서는 기죽지 않았고, 아프다는 말도 잘 하지 않았다. 그리고 이런 성격은 지금도 여전히 이어지고 있다.

배구를 시작하고 후보 시절을 보내는 동안 이런저런 일이 있었지만 집에는 불평불만을 늘어놓지 않았다. 나와 키가 비슷한 친구 은희와 벤치를 지키던 시절에도 처지를 비관하는 말을 하지 않았다. 오히려 우리가 경기에 들어가면 더 잘할 수 있는 방법이 무엇일까 이야기하며 시간을 보냈다.

"저 공격은 자세를 다르게 해야 하지 않냐?"

"내가 수비로 들어가면 저 공간을 제대로 맡을 텐데."

"우리 둘이 경기에 들어가면 공을 이렇게 연결시킬 텐데."

"이런 흐름에서는 저렇게 나오면 더 힘들어지는 게 아닐까?"

물론 우리가 대화를 나눈 것은 코트 밖이었다. 이런저런 이야기를 해도 결국 둘만의 대화로 그치는 것이지 경기가 달라지는 것은 아니었다. 비록 배구공을 손에 들고 달리는 곳은 머릿속뿐이었지만, 상상으로라도 언젠가 경기를 뛰게 되었을 때를 생각하는 것이 좋았다. 그러면 눈앞에 마주한 상황에 지쳐서 우울해지고 좌절하기보다 언젠가 이룰 거라는 믿음을 가지고 꿈을 꿀 수 있었으니 말이다.

내가 어릴 적부터 발휘했던 참을성은 후보 시절을 버티도록 해주었다. 운동을 하다 보면 포기하고 싶은 순간이 온다. 다른 친구들처럼 가족의 품으로 돌아가고 싶고, 새벽부터 일어나 운동장을 수십 바퀴 도는 일 따위는 더 이상 하고 싶지 않아진다. 딱 한 번만 말을 내뱉으면 모든 것을 그만두고 집으로 돌아갈 수 있다는 생각이 들면, 매 순간이 고통스럽다. 그리고 그럴 때 위기를 돌파하는 방법은 없다. 유일한 방법이라면 그저 회피하지 않고, 도망가지 않고 정면으로 상황을 마주하는 것. 목표를 향해 버티며 나아가는 길뿐이다.

이런 순간이 오면 나는 어김없이 참을성을 발휘했다. 배구 선수가 되어 코트에서 뛸 때까지 포기하지 않겠다고 생각하며 이를 악다 물었다. 물론 모든 것을 다 참는다는 것은 아니다. 나도 일상에서는 참을성과는 거리가 멀다고 할 수 있을 만큼 급한 성격이다. 내가 참을성을 발휘하는 순간은 오직 확실한 목표가 있고, 그 목표를 위해 참는 시간이 가치가 있을 때뿐이다. 이 시간을 버티고 나면 기회가 올 것이라는 확신이 있을 때 의지를 발휘하는 것이다.

_ 기회는 또 다른 기회로

나와 코트 밖에서 대화를 나누던 친구 은희는 교사가 되어 모교인 원곡중학교로 발령을 받았다. 지금은 그곳에서 배구부 감독이 되어 우리가 훈련을 받았던 것처럼 유소년들을 훈련하는 일을 하고 있다. 은희는 훈련을 하면서 아이들에게 칼을 갈라고 말한다고 한다. 그 말은 이를 바득바득 갈며 주전 자리를 노리라는 의미가 아니다. 우리가 예전에 경기를 지켜보며 했던 것처럼 자신에게 기회가 주어졌을 때 자신 있게 발휘할 수 있는 실력을 다져두라는 말이다.

네모난 코트 안으로 들어가는 순간 그동안 해온 훈련들은 자신만의 무기가 된다. 득점을 낼 수 있는 공격력으로 나타나기도 하고, 위기의 순간을 헤쳐나갈 수 있는 열쇠로 나타나기도 한다. 그런데 그런 순간에 자신만의 무기가 없다고 생각해보라. 자신이 맡은 역할이 무너지면 팀에 악영향을 끼치고 균형이 깨지면서 실점으로 이어진다.

평소 칼을 갈라는 것은 경기에서 내가 어떤 것을 보여줄 수 있을지 고민하고 치열하게 준비하라는 말이다. 준비는 코트 안에서 이루어지는 것이 아니다. 오히려 코트 밖에 있을 때 간절한 마음으로 어떤 시간을 보내는지가 훨씬 중요하다.

내가 후보 선수였을 때도 기회가 주어지면 언제든지 내가 가진 것을 보여주리라 생각했다. 한 번 경기에 투입되어 제 역할을 잘 해내고, 그것이 두 번이 되고 세 번이 되면 상황은 달라질 거라 믿었다. 감독님은 물론 동료들과 관중들에게 신뢰를 주고, 경기 흐름을 바꿀 만한 실력을 보여주면 나를 부를 수밖에 없지 않겠는가? 아주 작은 기회가 다른 기회로 이어지고, 그것이 요구와 필요가 될 때가 되면 늘 경기에 투입되는 선수가 될 것이다.

그러나 반대로 준비되지 않은 선수에게 기회는 위기가 될 수 있다. 기회를 주고자 경기에 투입했는데 실력이 미진하여 경기에 보탬이 되지 않는다면 어떨까. 미숙한 선수라는 평가가 내려지면 다음 기회는 오지 않을지도 모른다.

지금 나는 주전은 물론이고 팀의 에이스로 불린다. 그러나 아직도 그때의 마음을 떠올리며 경기에 들어간다. 작은 기회라도 간절했던 그때처럼 코트 위에서는 할 수 있는 모든 것을 다하자는 생각으로 집중한다. 조금의 후회도 남지 않을 만큼 죽을힘을 다해 경기를 뛰고 나야 스스로에게 수고했다는 말을 한다. 경기가 시작되면 당연한 것은 아무것도 없으며, 모든 순간이 나의 노력에 달렸다는 생각으로 최선을 다하는 것. 이것이 유년 시절부터 지금까지 내가 마음 깊이 새겨두고 지키고 있는 나만의 원칙이다.

_ 기본을 견디면 실력이 된다

아무리 강요해도 지나치지 않는 것이 기본이다. 배구만이 아니라 모든 분야에는 기본이 있다. 기본적인 과정은 누구에게나 지루하고 힘들게 느껴진다. 하지만 생각해보라. 처음부터 더할 나위 없이 좋은 상황에서 시작하는 사람은 없다.

자신이 타고난 것이 부족하다고 생각한다면 오히려 더 기본에 집중하라. 그러면 언젠가 타고난 조건들을 뛰어넘을 수 있는 실력이 생길 것이다. 당장 자신이 서 있는 곳이 불리한 지점이고 가진 것이 없다고 생각할수록 기본은 중요하다. 치열한 승부의 세계로 들어가면 오직 기본만이 자신을 지키는 힘이 되기 때문이다. 프로의 세계에서는 한 치의 실수가 치명적인 결과로 이어질 수 있고, 이런 경우 정신적으로 흔들리거나 상대 팀에 휘말려 흐름을 빼앗길 수도 있다. 그러나 위기의 순간에도 정신을 바짝 차리고 집중한다면 다시 역전의 기회를 노릴 수도 있다. 이때 모든 상황에서 판단의 기준점이 되는 것이 기본이다. 기본은 어려운 경기를 할수록 빛을 발한다.

프로 선수가 되면 확고한 위치를 차지했다는 안도감 때문에 기본적인 것을 놓치는 경우가 있다. 사실 충분히 이해가 가는 것이 아무리 좋은 팀에 들어가도 매일 반복하는 기본적인 훈련이 힘든 것은 마찬가지기 때문이다. 프로 선수가 된다고 해도 사람이기 때문에 치열한 경기를 한 다음 날은 무작정 쉬고 싶고, 비시즌에는 모든 것을 잊어버리고 휴식을 취하고 싶다. 그러나 프로이기 때문에 늘 기본적인 준비를 철저하게 해두어야 한다. 몸 상태에 공백이 생겨 다시 기량을 끌어올리는 데 어려움을 겪거나 준비가 덜 된 상태로 경기에 들어가서는 안 되기 때문이다. 어떤 위치에 가고 어떤 상황이 오더라도 프로 선수라면 준비된 자세로 긴장을 놓지 않아야 한다. 기본적인 것들을 놓치지 않고 훈련을 거듭해야 오랜 시간 치열한 승부의 세계에서 살아남을 수 있다.

어떤 분야에서든지 꿈을 이루기 위해 노력하는 이들에게 말하고 싶다. 기본을 견뎌내라. 참을성은 이럴 때 자신을 위해 발휘하는 것이다. 불합리한 상황에서는 화를 참지 말아야 하고, 해야 할 말도 참지 말고 해야 한다. 그러나 하고 싶은 일이 있고 머릿속에 그리는 목표가 선명하다면 기본을 닦으며 참고 견뎌라. 그렇게 스스로를 단련하는 시간이 쌓이면 결과는 실력으로 나타날 것이다.

언제나
내 편

_ 엄마, 나 공부는 아닌 거 같아

'자 여기 봐.'

'그건 이렇게 해야지.'

'어유, 대체 잘 듣고 있는 거야?'

어린 시절 우리 세 자매가 모여 숙제를 할 때면 비슷한 풍경이
반복됐다. 큰언니는 나를 붙잡고 설명을 거듭했고, 나는 몸을 배배 꼬며
배시시 웃었다.

큰언니는 우리 셋 중에서 공부를 가장 잘했다. 학원을 다니는 동안

스케치북이나 크레파스 같은 학용품을 상품으로 가져오기도 했다. 큰언니와 달리 나는 어릴 때부터 공부에는 전혀 흥미가 없었다. 가까스로 숙제를 마치면 총알처럼 튀어나가 밖에서 뛰어놀기 바빴다. 한국에서 태어난 아이들이라면 공부에 대해 한번쯤 스트레스를 받을 법한데 나는 그런 일도 없었다. 엄마는 자기 할 일을 마치면 그 외에는 하고 싶은 대로 하라고 했고, 실제로 숙제만 하면 더 이상 공부하란 말을 하시 않았다.

숙제만 하면 할 일은 다한 것이다. 그저 학교에서는 수업에 충실하고 집에서는 숙제를 모두 완수하면 하고 싶은 일을 하면서 자유롭게 시간을 보낼 수 있었다. 해야 할 일을 하고 나면 자유롭다는 것이 우리 집의 규칙이었다.

다른 부모님들보다 교육열이 없었냐고? 그건 아니었다. 무엇이든 배우고 싶은 것이 있다고 하면 경험해볼 수 있도록 지원해주었고 그에 대해서는 아낌없었다. 엄마는 하기 싫어하는 것이라면 그게 공부라 하더라도 억지로 강요하지 않았다. 학교에서 해야 하는 만큼, 학생으로서 배워야 하는 만큼만 착실하게 하면 그 외에는 자신의 선택이라고 생각했다.

다만 단 하나 절대적으로 용납되지 않는 것이 있다면, 그것은 거짓말이었다. 아무리 작은 거짓말이라도 엄마가 알게 되면 그 즉시 불호령이 떨어졌다. 언제나 온화한 얼굴로 우리 세 자매와 친구처럼 지내던 엄마는 거짓말에 대해서만큼은 조금도 용납하지 않았다.

이런 분위기에서 자란 덕인지 나는 일찍부터 내가 하고 싶은 것을 마음껏 했다. 친구들과 운동장에서 뛰어노는 것이 좋아 공을 차다가 운동을 하고 싶다는 생각을 했고, 배구까지 이어졌다. 대부분 학교를 다닐 때는 공부를 잘해야 한다는 생각을 기본적으로 하는데 나는 애초에 공부에 흥미가 없었고 대신 가슴이 뛰는 일을 찾은 것이다. 자연스럽게 이어진 일들이 남들보다 빨리 내가 하고 싶은 일을 찾도록 도와준 셈이었다.

배구를 허락한 후로 부모님은 더 이상 다른 소리를 하지 않고 나를 지원해주었다. 배구를 시작하면서 기숙사 생활을 하게 되어 집에서 많은 시간을 보내지는 못했지만 주말이면 집에 돌아와 휴식을 취하고 가족들과 고기를 먹으며 맛있는 것들로 배를 가득 채웠다. 특히 삼겹살은 빠지지 않는 메뉴였는데 평소에는 내가 집에 없다고 고기를 먹지 않다가 모두가 모이는 주말이면 고기 파티를 했다. 기숙사 생활이 힘들다가도 집에 가서 맛있는 것을 먹고 가족들 얼굴을 보면 금세 힘든 기억도 씻은 듯이 잊혔다.

_ 함께 나누는 달콤함

"연경아, 너희 어머니 오셨다!"
함께 훈련하던 친구가 나에게 달려오며 말했다. 고개를 들어보니 엄마가 상자 하나를 들고 체육관 입구로 들어서고 있었다. 나는 주저 없이 달려가 엄마를 와락 껴안았다. 이른 숙소 생활로 늘 가슴 한구석에 엄마 생각이 있었는데, 엄마가 체육관으로 찾아오는 날이면 그렇게 신이 날 수가 없었다. 엄마는 상자를 옆에 내려두고 나를 보고 환하게 웃으며 두 손으로 나를 당겨 품 안으로 감싸 안았다. 잠시 반가움을 나누고 나면 엄마는 감독님을 향해 꾸벅 인사를 하고는 상자를 다시 집어 들었다.

친구가 들뜬 목소리로 나에게 엄마가 왔다는 말을 한 이유에는 상자가 큰 몫을 했다. 친구들은 감독님의 허락이 떨어지자마자 상자 앞으로 모여들었다. 상자 안에 가득 들어 있는 것은 바로 빵이었다. 하루 종일 달리고 뛰어오르는 아이들에게 빵은 군침이 절로 도는 최고의 간식이었다. 엄마가 내 얼굴을 보기 위해 학교에 올 때 간식거리를 잔뜩 들고 오면 나는 어깨가 으쓱했다. 체육관 한쪽에 모여 함께 빵을 나누어 먹으며 엄마 옆에 앉아 있을 때면, 혀끝에 도는 단맛이 그렇게 달콤할 수가 없었다.

사실 빵을 가지고 온 이유는 그때 엄마가 빵 공장에 다녔기 때문이다. 잠시도 몸을 가만히 두지 못하는 성격인 엄마는 우리 세 자매를 키우는 동안에도 내내 일을 했다. 묵묵한 성격의 아버지가 언제나 자신의 역할을 다하며 가족들 곁을 지키신 분이라면, 엄마는 천성이 부지런 해서 여유롭게 시간을 보내거나 집에서 쉬는 걸 잘 하지 못하는 분이었다.

뭐든 하나를 해도 허투루 하지 않는 엄마의 성격은 과일 하나를 담아내는 데서도 드러났다. 우리 집에 친구들이 놀러 올 때면 엄마는 눈 깜짝할 사이에 과일을 깎고 간식을 접시에 담아서 내어주었는데, 그때마다 친구들이 매번 접시에 가지런히 놓인 과일과 간식이 예쁘다며 감탄을 했다. 그리고 무엇보다 엄마는 막내딸인 나에게 의리(?)를 지키며 무슨 일이 있어도 내 편에 서 있는 절친한 친구였다.

한창 사춘기를 겪는 중학생이라면 대부분 마찬가지겠지만, 친구들 사이에서 유행하는 물건이 생기면 나도 갖고 싶어 안달이 날 때가 있었다. 특히 함께 운동을 하는 친구들의 새로 산 운동화나 운동복이 그렇게 부러울 수가 없었다. 이제 막 포장을 뜯은 것처럼 보이는 새하얀 운동화를 바라보면, 상대적으로 내 운동화가 그렇게 오래되고 낡아 보일 수가 없었다.

_ 나도 샀다!

집에 자주 가지 못해 응석을 부릴 시간이 별로 없었던 나에게는 어쩌다 시내에 나가는 주말이 절호의 기회였다. 모두 집에 가는 날이면 우리는 미리 약속을 정하고 각자 엄마의 손을 이끌고 시내로 나온다. 오랜만에 만나는 엄마와 함께하고 싶은 이유도 있었지만, 사실 원하는 옷이나 운동화를 사고 맛있는 것을 먹으려면 엄마의 지갑이 필요했기 때문이다. 우리 엄마는 물론이고 친구들의 엄마들도 당연히 이런 이유를 모르지 않았다. 하지만 매일 고된 훈련을 받는 철부지 아이들이 마음 쓰였는지 모르는 척 따라주었다.

시내에 모두 모이면 숙소 생활을 함께하는 우리는 물론이고 엄마들끼리의 모임이 이루어졌다. 우리는 쉴 새 없이 조잘거리며 수다를 떨고 무얼 먹을지 고르느라 정신이 없었다. 이런 우리를 지켜보며 엄마들은 가끔 정말 신기하다는 듯이 물었다.

"너희는 그렇게 같이 있고도 지겹지도 않니?"

오히려 그때 우리는 힘들었던 훈련을 보상받는 것처럼 그 시간이 무척이나 즐거웠다. 당시 유행했던 디저트 가게에서 빙수를 나눠 먹고, 함께 새 운동화를 골라 신으며 서로 무엇이 잘 어울리는지 수다를 떨다 보면 하루가 순식간에 흘러갔다. 여느 중학생 소녀들처럼 웃고 떠들다 보면 불안한 생각이나 고민도 어느새 잊어버렸다.

우리는 서로 다른 종류를 고른다고 골랐지만 숙소에 돌아와 살펴보면 대부분 디자인에 큰 차이가 없어서 운동복을 맞춰 입은 것처럼 보일 따름이었다. 게다가 사복도 비슷한 분위기를 풍겨서 누가 봐도 운동을 하는 아이들처럼 보였을 것이다. 작은 고민이라면 운동화를 사는 것이었는데 친구들과 달리 나는 키는 크지 않으면서 발만 컸기 때문에 큰 사이즈의 운동화를 사야 했다. 친구들이 사는 신발은 큰 사이즈가 나오지 않아 부러워하기만 했는데 큰 사이즈가 나오는 모델을 사려면 가격이 훨씬 비싸서 엄두를 내기가 어려웠다.

한동안 말도 못 하고 있다가 엄마에게 같은 브랜드의 운동화를 갖고 싶다고 말하면, 처음에는 안 된다고 하다가도 못 이기는 척 운동화를 사주었다. 새 운동화를 얻은 날에는 금방이라도 날아오를 듯한 발걸음으로 "나도 샀다!" 하고 발을 내밀어 보이곤 했다. 나중에야 안 사실이지만 엄마는 한 푼 두 푼 모아둔 쌈짓돈으로 내 운동화를 사주었고, 아빠에게는 시장에서 저렴한 것을 샀다고 둘러대고 비밀을 지켜주었다. 그 사실을 알고 있던 언니들은 막내에게만 좋은 것을 사준다고 볼멘소리를 했는데 합숙 생활을 하는 내가 신경이 쓰여 엄마가 마음이 후하다는 것을 알고는 더 이상 아무 말도 하지 않았다. 지금 생각해보면 함께 살지는 않아도 늘 내게 마음을 두는 가족들 덕분에 아무리 힘든 훈련도 버틸 수 있었다. 만약 모든 것을 포기하더라도 가족에게 돌아가면 아무 말 없이 받아주고 안아줄 거라는 걸 알고 있었기 때문이다.

_ 존중받은 선택

'너의 선택을 존중한다. 하지만 선택에 대한 책임을 다해야 한다.'

이것은 어린 시절은 물론이고 지금까지도 이어지는 우리 집의 암묵적인 규칙이다. 배구 선수로 본격적인 활동을 시작하면서 선택의 기로에 선 일이 많았다. 한국에서 프로 선수로 활동을 하다가 일본 팀에서 활동을 제의받았을 때가 선택의 시작이었다. 한국 여자 배구 선수 중에서는 거의 드문 일이었고 해외에서 프로로 활약하는 전례가 거의 없어 판단할 수 있는 기준이 없었고, 자세한 사정을 물어볼 만한 선배도 없었다. 오롯이 내 스스로가 자신의 역량을 바탕으로 판단하고 선택하고 보여주어야 했다. 이 선택 하나가 선수 생활에 어떤 결과를 가지고 올지 어떤 방향을 만들지 알 수가 없었다. 그 당시로는 국내에서도 크게 활약하고 있었기 때문에 새로운 도전으로 지금 잘 해나가고 있는 것을 망치지 않는 것이 좋겠다는 생각도 들었다. 하지만 마음은 새로운 도전에 대한 호기심과 기대로 채워지고 있었다. 해외에서 활약해 내 실력을 보여준다면 더 큰 세계로 나갈 수 있지 않을까. 내가 주목받을 만한 실력이 되어 좋은 성과를 낸다면 한국 여자 배구에도 새로운 바람을 불러올 수 있지 않을까.

이런 나의 고민을 털어놓자 가족들은 말했다. 나의 선택을 존중하겠으며 설령 결과가 좋지 않더라도 하나라도 더 배운 것에 만족할 거라고 말이다. 그 말에는 내가 걱정하는 것들이 담겨 있었다. 혹시라도 실패하거나 활약을 잘 하지 못한다면 실망을 안겨주지는 않을까. 내가 도전하는 것에 욕심을 내서 지금까지 쌓아온 공든 탑을 무너뜨리는 것은 아닐까. 말도 잘 모르는데 해외에서 국내처럼 할 수 있을까. 애써 얻은 기회를 날리는 것은 아닐까.

가족은 어릴 적 방식 그대로 나를 존중해주었다.

"네가 하고 싶은 대로 해. 만약 실패를 하더라도 하나라도 배우는 것이 있을 테지. 프로 배구 선수로서, 한국을 대표해서 나간 선수로서, 지금까지 해온 대로만 노력한다면 괜찮을 거야."

가족들은 내가 현실적인 부분에 얽매여 눈치를 보거나 휩쓸리지 않도록 내 편을 들어주었다. 눈치 보지 말고, 걱정하지 말고, 더 배울 수 있는 곳으로 가서 마음껏 도전하고 싸워보라고. 덕분에 나는 더 이상 걱정하지 않고 일본행을 선택할 수 있었다. 가족의 응원과 이해 속에서 역량을 펼치는 데 집중했고, 일본에서 성공적인 활약을 해서 우승을 이끌었다. 그리고 일본에서의 활약은 터키 리그에서 제안을 받는 더 큰 기회로 이어졌다.

내 경험에 따르면 아주 작은 기회 속에 다른 기회가 있고 그 기회는 또 다른 기회로 이어진다. 후보 선수일 때 경기에 한 번 투입되는 작은 기회를 간절히 원했고, 그 기회가 주어졌을 때 내 몫을 해 보이며 그 역할을 제대로 해낼 수 있다는 것을 보여주려고 노력했다. 그렇게 한두 번 경기에 투입되기 시작하면서 그 순간을 지켜본 감독님과 다른 관계자들의 눈에 눈에 들어 청소년 대표에까지 뽑혔고, 그 경기에서의 활약은 프로팀 발탁이라는 기회로 이어졌다.

처음에는 단지 경기에 한 번 뛸 수 있는 기회가 필요했다. 그 기회가 주어졌을 때 내가 가진 것을 후회 없이 보여주려고 노력했고, 그것이 또 다른 문을 열어주었다. 그리고 국내를 거쳐 일본으로 진출하게 되었고, 터키 리그에서 세계적인 선수들과 함께할 수 있었다. 나는 여기까지 오는 동안 단 하나의 기회에도 최선을 다하지 않은 적이 없다. 아무리 작은 것이라도 말이다.

그리고 다시 되돌릴 수 없을지 모른다는 불안이 생길 때마다 가족들의 응원은 나의 버팀목이 되었다. 설사 실패하더라도 네가 최선을 다했다는 것을 우리가 기억할 테니 대담하게 도전해보라고. 하고 싶은 대로, 가고 싶은 만큼 나아가보라고. 꺼지지 않는 군불처럼 온기를 내는 가족들의 마음이 지금까지 지치지 않고 달리게 하는 나의 원동력이다.

처음 청소년 대표로 발탁되었던 순간을 잊을 수가 없다. 난생처음 가슴에 태극 마크를 다는 것도 자랑스러웠지만 무엇보다 엄마와의 약속을 지킬 수 있다는 생각에 가슴이 부풀어 올랐다. 국가대표로 경기를 치르고 배구계의 주목을 받으며 드래프트 1순위에 오른 후 꿈에 그리던 프로 선수가 되었을 때 나는 엄마에게 말했다.

"엄마, 나 이제 약속 지켰지?"

엄마는 뜬금없는 소리에 나를 물끄러미 쳐다보다가 이내 미소를 지었다. 무슨 약속을 말하는지 금방 기억해낸 것이다.

"우리 딸, 약속 지키느라 고생했다."

엄마의 대답을 듣는 순간, 내 머릿속에는 그동안 견뎌온 시간들이 주마등처럼 스쳐 지나갔다. 나는 초등학생이었을 때 엄마랑 한 약속을 꼭 지키고 싶어 포기하고 싶다는 말을 단 한 번도 꺼내지 않았다. 약속을 지키는 데 수년이 걸렸지만 엄마와의 약속을 지켰다는 생각이 들자 마음이 홀가분해졌다. 엄마는 내 마음을 다 안다는 듯이 내 등을

토닥이며 어루만져주었고, 그날 내 마음속에 가득했던 따뜻한 기운은
아직도 생생하게 남아 있다.

어리고 어설펐던
그때 그 시절

_ 세상에서 가장 슬픈 노래

"잘 가, 가지 마, 행복해, 떠나지 마~."

체육관에 이제 막 이별을 한 사람처럼 슬픔이 가득 담긴 노래가
울려 퍼졌다. 한 사람의 목소리가 아니었다. 여러 명이 동시에 불러서
운동장에서도 노래가 들릴 만큼 커다란 소리였다. 지나가는 사람들이
노래만 듣는다면 이상하게 생각할 테지만 노래를 부르고 있는 자세를
본다면 금방 상황을 알 수 있었을 것이다.

"더 크게!"

감독님이 주위를 돌며 외쳤다. 우리는 목청을 높여 노래를 이어갔다. 그때 우리는 온몸에 땀을 비 오듯 흘리며 투명 의자 자세를 하고 있었다. 투명 의자는 말 그대로 의자가 없는데 마치 의자가 있는 것처럼 무릎을 직각으로 굽히고 있는 자세였다. 우리가 일렬로 투명 의자 자세를 하고 있으면 감독님이 허벅지 위에 긴 자를 올려두었다. 나무로 만든 자는 네트 길이를 잴 때 쓰는 것이라 우리의 허벅지를 가로지르고도 남는 길이였다. 나무 자의 용도는 분명했다. 누구 하나라도 자세가 흐트러지면 경사가 생겨 자가 위태롭게 미끄러져 내렸다. 아차싶은 순간에 제대로 자세를 잡지 않으면 꼼짝없이 불호령이 떨어졌다.

감독님은 투명 의자를 할 때면 노래를 부르라고 하셨다. 노래가 다 끝나면 투명 의자도 끝났다. 그날 우리가 선택한 곡은 한창 인기가 많았던 지오디의 거짓말이었다. 해본 사람들은 알겠지만 이 자세는 정말이지 조금만 시간이 지나도 다리가 저려오고 저절로 입술을 깨물게 된다. 그런데 이 고통을 끝내기 위해서 목청껏 노래를 불러야 한다니. 정말 거짓말 같은 상황이 아닐 수 없었다. 우리는 자세 유지하랴, 목청 높이랴, 가사 기억해내랴, 그야말로 죽을 지경이었다.

길게 느껴지던 시간이 지나가고 겨우 노래를 마친 순간이었다. 우리는 이제 다리를 펼 수 있겠다는 기대를 안고 감독님을 바라보았다. 그 순간만큼은 그곳에 있던 우리 모두의 바람이 같았을 것이다. 나무 자를 얼른 치워버리고 바닥에 철퍼덕 앉아 다리를 쭉 펴는 것. 그러나 우리의 바람은 감독님의 한 마디에 와르르 무너졌다.

"다시!"

'다시'라는 말이 가시가 되어 가슴에 콕 박혀들었다. 나는 억울한 표정으로 감독님을 올려다보았다. '노래가 끝나면 투명 의자도 끝이라고 하셨잖아요! 얼마나 열심히 불렀는데! 2절까지 다 불렀는데!' 마음속에는 온갖 말들이 소용돌이치기 시작했다. 그러나 냉정하게도 감독님은 우리를 둘러보며 말했다.

"너무 슬프게 불러서 안 되겠어. 다시 불러!"

'감독님, 이거 정말 슬픈 노래예요. 원래 이렇게 부른다고요. 지오디의 거짓말 안 들어보셨어요? 요즘 정말 인기 있는 노래인데……'

나도 모르게 변명들이 쏟아져 나오려는 찰나 귓가에 다시 노랫소리가 들리기 시작했다.

"난 니가 싫어졌어. 우리 이만 헤어져. 다른 여자가 생겼어 너보다 훨씬 좋은."

두 번째로 부르는 지오디의 거짓말은 점점 처절한 노래가 되어갔다. 우리는 모두 덜덜 떨려오는 다리에 힘을 주고 버티며 구호처럼 외쳤다. 한 명이라도 균형을 무너뜨리면 모든 게 원점이었다. 무슨 일이 있어도 참는 수밖에 방법이 없었다. 2절이 끝나갈 때 우리는 거의 울고 있었던 것 같다. 그날부터 나에게 지오디의 거짓말은 세상에서 가장 슬픈 노래가 되었다.

_ 도망자의 최후(?)

유독 힘이 드는 날이면 친구끼리 기숙사에서 도망가자는 농담을 했다. 대부분은 말뿐이지 머리를 바닥에 대기가 무섭게 달콤한 잠에 빠져들었고, 어김없이 새벽 달리기로 하루를 시작했다. 그런데 하루는 정말 도망을 감행한 적이 있었다. 선배들과 동시에 한 명도 빠짐없이 모두 학교에서 벗어나기로 입을 맞춘 깃이다. 우리는 최대한 밀리 가보겠다는 생각으로 무작정 표를 끊었는데, 도착지는 인천에서 배를 타고 들어가는 섬이었다. 지금 생각해보면 서울도 아니고 왜 섬으로 갔는지 모를 일이지만, 그곳에 가면 아무도 찾을 수 없다고 생각했던 것 같다. 물론 나이가 들고 보니 정말 위험한 짓이었다는 생각이 든다.

아무튼 철이 없던 그때 우리는 지긋지긋한 체육관으로부터 벗어났다는 해방감을 만끽하며 시원한 바닷바람을 느꼈다. 고요하면서 여유로운 분위기의 섬을 누비며 친구들과 장난을 치다 보니 그렇게 재밌을 수가 없었다. 그 시간이면 한창 훈련하며 온몸을 땀으로 적시고 있을 때였다. 그러나 쳇바퀴처럼 돌아가는 일상에서 빠져나오니 다들 마음이 들떠서 이야기가 끊이질 않았다.

반나절이 지나고 날이 어둑어둑해지자 그제야 우리는 계획이 있어야 한다는 생각이 들었다. 어디를 가든 돈이 있어야 생활할 수 있기 때문이었다. 우리는 두 무리로 나누어 흩어졌다. 그리고 눈에 보이는 식당에 들어가 불쑥 아르바이트를 할 수 있는 자리가 있는지 물어보았다. 작고 조용한 동네에 뜬금없이 문을 열고 들어와 일이 있냐고 묻는 여러 명의 아이들이라니. 당연히 식당 주인들 입장에서는 당황스러웠을 거다. 게다가 우리의 행색에서 가출한 티가 줄줄 난 모양이었다. 아르바이트를 찾으러 다닌 지 얼마 지나지 않아 갈라진 다른 무리로부터 들켰다는 긴급한(?) 연락이 왔다. 가출 청소년들이 돌아다닌다고 경찰에 신고가 들어가서 학교까지 일사천리로 연결이 되었다는 것이었다. 덕분에 우리는 섬까지 들어온 노력이 무색하게 금세 위치가 발각되고 학교로 돌아오라는 불호령이 떨어졌다. 숙소 탈출이 단 하루도 넘기지 못하고 허무하게 끝나버린 것이었다.

여기서부터는 짐작 가능하겠지만 우리는 학교로 돌아와 크게 혼났다. 연락을 받고 학교로 온 부모님들도 함부로 어딜 돌아다니느냐며 큰 소리로 혼을 냈다. 아마 아이들이 아무도 모르는 섬까지 갔다가 돌아오고 있다는 연락을 받고 애타게 마음 졸였던 걱정이 얼굴을 마주하자마자 폭발한 모양이었다.

엄마도 예외는 아니었다. 급히 학교로 온 엄마는 다급한 얼굴로 나를 찾으셨다. 뭐라고 말을 해야 할지 몰라 안절부절못하고 있는데 엄마가 다가와 나를 와락 끌어안았다. 그리고 여기저기 살펴보면서 물었다.

"어디 다친 데는 없니?"

내가 죄송스러운 얼굴로 고개를 끄덕이자 엄마는 두 손으로 내 얼굴을 쓰다듬으며 말했다.

"다친 데 없으면 됐다. 다시는 그러지 마라. 알겠니?"

고개를 끄덕이는 순간 뒤늦게 후회가 밀려들었다. 훈련을 안 하고 밖에서 놀 생각에 마냥 기분이 들뜨기만 했지 누군가 걱정할 거라고는 생각하지 못했다.

내 꿈은 배구 선수가 되어 배구를 하며 사는 것이었다. 그 꿈을 이루기 위해 고된 훈련을 견디며 단련하고 있었다. 힘들다는 생각만 하고는 당장의 현실에서 도망쳤지만 생각해보니 누구도 그 힘든 상황 속에 나를 억지로 등 떠민 적이 없었다. 배구를 보고 첫눈에 반해 내가 스스로 선택한 길이었다.

그때 나는 생각했던 것보다 나 자신이 배구를 훨씬 더 좋아한다는 것을 깨닫게 되었다. 그 이후로는 아무리 힘들어도 스스로 책임을 지자고 마음을 다잡았다. 꿈을 위해 내 손으로 선택한 길이니까 땀 흘리며 보내는 하루하루를 이겨내자고. 그 하루가 모여 몇 년이 되면 배구 선수가 되는 꿈을 이룰 수 있을 거라고 믿었다. 충동적으로 도망을 감행한 일을 계기로 오히려 배구에 대한 사랑이 더 깊어졌다.

_ 고마운 사람들

내 유년 시절은 단체생활로 이루어져 있다고 해도 과언이 아니다. 중학생 때부터 시작한 숙소생활이 프로가 되었을 때까지 이어졌으니 말이다. 단체생활은 하나부터 열까지 쉬운 것이 없었다. 어린 나이에 받아야 할 부모님의 보살핌이 숙소 생활에서는 없었기 때문이다. 자신이 먹고 자고 입는 것은 물론이고 모든 생활을 스스로 책임지고 해야 한다. 또 함께 지내는 사람들에게 피해가 가지 않도록 배려하고, 맡은 역할을 충실히 해야 한다.

학교생활도 쉽지 않았다. 새벽부터 운동장을 수십 바퀴 달리고 나면 오전 수업을 받고 오후와 저녁, 야간에 훈련을 받았다. 배구에 관한 기술적인 훈련은 제외하더라도 같은 동작을 무한 반복하는 체력 훈련은 매번 자신의 한계를 시험하는 것처럼 느껴졌다. 단체 기합은 일상이나 다름없었고, 도망을 가고 싶을 만큼 힘든 적도 많았다. 그러나 지금 이 순간 그때를 떠올려보면 부족했던 내가 성장하는 데 기반이 된 가치 있는 시간이었다.

그 시절 나는 꿈을 위해 달리고 있었고, 주위에는 함께하는 사람들이 있었다. 어설프고 서툰 자세를 끊임없이 반복하며 기본기를 가르쳐준 스승님들과 다양한 의견을 나누며 배구 선수가 될 수 있도록 이끌어준 코치님들, 그리고 웃고 우는 순간마다 늘 곁에 있던 친구들까지. 지금까지도 그들을 생각하면 끈끈하고 뜨거운 마음이 느껴진다. 프로가 된 이후 나는 수년 동안 해외에서 활동을 했다. 그러나 어디를 가서도 철저하게 자기 관리를 하며 실력을 유지할 수 있는 것은, 그 시절 오랫동안 몸에 익혀온 것들이 든든한 디딤돌이 되어주기 때문이다. 유년 시절을 떠올리기에는 기억이 아득할 만큼 시간이 흘렀지만, 함께 나누었던 마음만은 잊지 않고 있다. 늘 감사할 따름이다.

CHAPTER 2

꿈꾸는 것이 무엇이든
해야 하고, 할 수 있다

항상 그랬던 것처럼 숨 돌릴 틈도 없이

즐겁게 배구 이야기를 하고 나면,

우리가 진정 배구인이 되었다는 생각이 든다.

반전이
시작되다

_ 무서운 새내기

인생에 세 번의 기회가 온다는 이야기가 있다. 만약 이 이야기가 사실이라면 그중 한 번의 기회는 고등학교 때 찾아왔다.

중학교 졸업이 가까워질수록 배구 선수로서의 미래가 보이지 않았다. 그때 나는 축구로 전향한 선배가 잘 적응했다는 이야기를 전해 들었다. 만약 나도 배구를 포기하고 종목을 바꾼다면 더 이상 시간을 지체해서는 안 되는 상황이었다. 그 어느 때보다 마음이 복잡했다. 고심 끝에 끝까지 배구를 해보기로 결정하고 고등학교에 진학했다. 그러나 예상대로 상황은 전혀 나아지지 않았다. 중학생 때와 다를 바 없는 후보 선수였고, 키도 거의 그대로였다. 고등학교에 진학하고서도 잘못된 선택을 한 것은 아니었는지, 한동안 괴로운 날들을 보냈다.

반전은 고2에 올라가면서 시작되었다. 키가 좀 자라는가 싶더니 그야말로 쑥쑥 크기 시작했다. 어느 정도였냐면 고1 때 키가 171cm로 같은 학년 선수 중에 가장 작았는데 일 년 사이에 183cm까지, 무려 12cm가 큰 것이다. 게다가 거기서 멈추지 않고 그 이후로 현재 키인 192cm까지 자랐으니 나로서도 예상하지 못한 놀라운 일이었다.

신장이 좋아지면서 그동안 갈고닦은 기본기가 빛을 발하기 시작했다. 보통 어릴 때부터 신장이 큰 선수들은 공격 위주로 훈련을 해서 수비에 약하다. 그리고 긴 팔다리의 움직임에 익숙해져 움직이는 속도도 빠르지 않은 편이다. 그러나 나는 그동안 작은 키에 맞추어 수비를 강화하고 속도를 높여왔으니 체격 조건이 좋은 선수가 가진 약점을 의도치 않게 수년 동안 보완해온 것이나 다름없었다. 게다가 배구는 신장이 큰 영향을 미치는 종목이라 키가 크는 대로 공격력도 높아지기 시작했다. 나는 타격 높이가 월등한 공격수로 떠올랐고, 안정적인 수비와 조화를 이루면서 단숨에 주목을 받았다. 반응은 즉각적으로 나타났다. 청소년 국가대표로 발탁되어 태극 마크를 달고 경기를 뛰게 된 것이다.

가슴에 태극기를 달고 코트 위에 서는 것은 배구를 선택한 그 순간부터 꿈꾸던 일이었다. 상상만 해도 가슴이 벅차고 떨리는 일. 나에게 국가대표 선수란 그런 것이었다. 나는 함께 태극 마크를 단 친구와 기쁨에 겨워 어쩔 줄을 몰랐다. 승패를 떠나 국가대표 자격을 얻었다는 그 자체만으로도 나에게는 어릴 적 꿈을 이룬 것이나 다름없었다.

게다가 나는 경기 내내 코트 위를 마음껏 뛰어다닐 수 있다는 사실이 기뻐서 가슴이 터질 것 같았다. 머릿속으로만 그려왔던 모든 플레이를 해보고 싶었고, 이제까지 차근차근 다져온 실력을 모두에게 보여주고 싶었다. 나는 마치 한풀이를 하듯이 코트를 누비기 시작했다.

'17세, 그녀 손에 코트가 춤춘다.'

'무서운 새내기, 김연경 전성시대!'

언론에서는 내 활약을 두고 무서운 신인으로 꼽으며 기사를 내기 시작했다. 불과 일 년 전만 해도 상상할 수 없었던 일이었다. 나는 그 누구도 주목하지 않았던 선수였다. 같은 학년 선수가 우수 선수로 뽑혀 상을 받으러 갈 때도 주전자를 들고 체육관을 서성거렸던 나였다. 그때 나의 바람은 오직 네모난 선 안으로 들어가는 것뿐이었다. 그런데 이제는 그 꿈이 이루어지다 못해 순풍에 돛 단 배처럼 빠른 속도로 나아가고 있었다.

물론 모든 상황이 좋았던 것은 아니다. 나를 보는 시선에는 우려 섞인 목소리도 있었다. 내가 어린 시절부터 주목받은 선수가 아니었기 때문에 갑자기 발탁되어 기회가 주어진 것처럼 보였던 탓이다. 청소년 국가대표 활동이 끝나고 성인 팀에서 좋은 반응이 쏟아지자 언론에서는 지나친 것 아니냐는 의견이 나왔다. 청소년 대회와 성인 대회는 차이가 있는데 곧바로 프로팀 주전으로 기용한다면 무리가 있지 않겠냐는 이야기였다.

가족들은 혹시 내가 그런 여론을 의식하며 신경을 쓰고 있을까 봐 위로가 섞인 응원을 해주었다. 그러나 그때 나는 완전히 다른 생각을 하고 있었다.

'이제 겨우 시작이다. 이 순간만을 기다려왔다.'

부정적인 의견들을 가뿐히 흘려들을 만큼 정신력이 강했던 것이 아니다. 그때 나는 다른 말들은 신경 쓸 여유가 없었다. 오랫동안 간절히 바라왔던 기회가 드디어 내 앞에서 선명한 모습을 드러내고 있었다. 내가 누구인지 확실하게 보여주지 않으면 신기루처럼 사라져버릴 지도 몰랐다. 누가 뭐라고 하든, 상황이 어떻게 돌아가든, 나는 힘껏 점프해서 무조건 그 기회를 잡아야 했다.

유년 시절 나는 배구 선수라는 꿈이 거대한 문으로 가로막혀 있다고 생각해왔다. 그러나 어느 순간 그 문은 마치 때가 되었다는 듯이 웅장한 소리를 내며 열리기 시작했다. 내가 알아차리기도 전에 변화는 이미 시작되고 있었다.

_ 드래프트 1순위가 누구야?

"한국 여자 배구 사상 최고의 왼쪽 공격수 재목이다."

"앞으로 10년은 한국 배구를 이끌어갈 것이다."

일부 언론의 우려에도 현대건설 류화석 감독님과 흥국생명 황현주 감독님은 나를 두고 이런 평가를 해주었다. 경기에서 활약하는 내 모습을 직접 보니 공격과 블로킹 그리고 수비 등 모든 부분에서 단연 돋보여 전혀 무리가 없다는 것이다. 분위기가 점점 심상치 않게 돌아가고 있었다.

나는 프로에 입단할 수 있겠다는 확신이 있긴 했지만, 그저 좋은 순위 안에 들면 기쁘겠다고 생각하고 있었다. 너무 오랜 시간을 조용히 지내왔는데 변화는 너무 빠르게 일어나고 있어서 체감하기 어려웠던 탓이다. 성인 팀에 입단하면 프로 선수가 되는 것이고, 그러면 엄마와의 약속을 이룰 수 있다는 사실만으로 기뻤다. 그러는 사이 시간이 흘러 신입 영입을 위한 드래프트가 발표되었다.

'드래프트 1순위, 김연경!'

믿을 수 없는 일이었다. 배구 선수로서 너무나 영광스러운 일이었으니까. 막연히 프로가 될 수 있을 거라고 기대만 했지, 1순위로 지명이 될 줄은 몰랐다. 그러나 모두가 주목하는 신예로 떠올라 배구계의 주목을 받은 선수는 바로 나 열여덟 살의 김연경이었다.

드래프트를 통해 흥국생명에 입단한 후 나는 굶주린 사자처럼 굴었다. 머릿속에는 온통 배구 생각뿐이었다. 코트 위에 있는 내 모습을 보면 누구든지 알아볼 거라고 생각했다. 그동안 내가 어떻게 훈련을 해왔고 어떤 시간을 견뎌왔는지 말이다.

경기마다 이어지는 나의 활약에 언론의 관심도 높아지기 시작했다. 카메라를 앞에 두고 취재를 하거나 인터뷰를 하는 일도 잦아졌다. 다만 지금 생각해도 재미있는 것은 이 시절 내가 보였던 태도다. 지금이야 프로 활동이 오래되어서 언론 인터뷰가 익숙하지만 그때는 아니었다. 갑자기 주목을 받으면 심리적으로 움츠러들거나 카메라 앞에서 말을 잘 하지 못할 법도 한데 예전 영상을 보면 오히려 지금보다 더 자신감이 넘치는 표정이다. 마치 왜 이제야 나를 알아보았냐는 듯이 말이다.

"우리나라가 세계선수권에서 우승한 적 없죠?"

인터뷰를 하는 기자에게 오히려 질문을 하며 올림픽에서 우승하고 싶다는 포부를 보여주기도 했다. 이런 행동들 탓에 나는 건방지다는 이야기도 많이 들었고, 겸손하라는 조언을 듣기도 했다. 이제 막 프로가 된 신인이 팀을 우승으로 이끌겠다고 하고, 우리나라가 세계선수권에서 우승하도록 만들겠다고 했으니 어쩌면 당연한 일이었을지 모른다.

사실 그때 나는 누가 무얼 물어봐도 배구 이야기뿐이었고, 사고는 매우 단순했다. 우승을 하고 싶으니 하고 싶다고 대답했고, 우승을 못 할 이유는 또 뭐냐는 식이었다. 지금 돌이켜보면 보여준 것도 없으면서 입만 나불거리는 신인으로 보였을 것이 분명하다. 주변과 언론에서 얼마나 잘하나 지켜보자고 시선을 보내는 것도 무리는 아니었다. 하지만 생각할수록 재밌는 것은 내가 그런 시선을 어렴풋이 알고 있었는데도 신경 쓰지 않았다는 것이다. 나는 오랜 시간 준비를 해왔고,

이제 보여줄 일만 남았다고 생각했다. 내가 가장 신나는 일만 생각했지 다른 시선은 개의치 않았던 것이다.

'내뱉은 대로 해내면 되지 뭐!'

나는 머리를 싸매고 고민하는 것보다 내뱉은 말을 현실로 이루기 위해 체육관에서 배구공을 한 번 더 잡는 것을 선택했다. 오래 생각하는 것보다 훈련을 거듭하는 것이 내가 눈앞에 마주한 상황을 돌파하는 방식이었으니 아무리 생각해도 운동선수는 나의 천직인 것 같다.

아직 고등학생인데 하고 싶은 일이 있냐는 질문에도 내 대답은 이랬다.

"그런 것 생각해본 적 없어요. 그리고 얼핏 생각해도 딱히 하고 싶은 것도 없는 것 같고요. 그냥 언니들과 재밌게, 열심히 배구를 하고 싶을 뿐이에요."

그때는 정말 배구에 완전히 미쳐 있었다. 한 번이라도 교체가 되어 코트를 밟아보길 기대하며 코트 밖을 서성이던 시간들이 이제 끝났다는 것을 깨달은 시기였다. 나는 기회를 손에 쥐자마자 물 만난 고기처럼 펄떡이며 코트 위를 종횡무진 누비기 시작했다.

_ 프로는 힘들어

홍국생명에 입단한 나는 단숨에 배구 코트를 평정했다. KT&G

프로배구가 시작되면서 득점과 공격성공률, 그리고 오픈공격과 이동공격, 백어택, 서브 에이스 등 무려 6개 부문에서 1위로 올라섰다. 조용하던 여자 배구계에 폭풍이 몰아치고 있다며 분위기가 뜨겁게 달아올랐다. 그러나 정작 폭풍을 몰고 온 나는 경기가 끝난 후 숙소로 돌아가 온갖 일들을 하느라 고역이었다.

내가 흥국생명의 신입이었을 때만 해도 숙소 내에서 후배들이 당번을 정해 청소와 빨래를 도맡아하는 규율이 있었다. 저녁까지 훈련을 하고 녹초가 되어 숙소에 들어오면 모든 방을 청소하는 것은 기본이고 선수들의 빨래를 모아다가 손수 빨아야 했다. 어릴 때부터 기숙사 생활을 해서 공동체 생활에 자신이 있었지만, 손빨래만큼은 도무지 이해할 수가 없었다. 조선 시대도 아닌데 멀쩡한 세탁기를 고이 모셔두고 손빨래라니. 물에 젖어 있는 빨래를 퍽퍽 치며 신경질을 냈다.

아무리 운동선수라도 하루 종일 훈련을 하고 돌아오면 숨 쉬는 것조차 힘들게 느껴진다. 당장이라도 두 다리를 뻗고 눕고 싶은 마음뿐인데 옷가지에 세제를 묻혀 손으로 비비고 있으면 한숨이 절로 나왔다. 더구나 손으로 하는 빨래가 세탁기보다 깨끗할 리 만무했다. 조금이라도 덜 비틀어 짜거나 잘못 헹구면 냄새가 나기 일쑤였고, 그러면 다시 빨아서 냄새가 아니라 향기가 나도록 해야 했다. 그뿐이 아니었다. 새벽에는 일찍 일어나 운동을 시작하기 전에 청소부터 해야 했다. 그리고 식사마다 미리 준비해두고 선수들이 밥을 먹고 나면 식판을 치우고 정리를 했다. 프로 팀이 있는 숙소였지만 관리자가 없어서 신입들이 모든 일을 분담해서 할 수밖에 없었기 때문이다. 나는 혼잣말을 하듯 투덜거렸지만 직접 의견을 낼 수도 없는 상황이었다. 이전에 들어온 선배들도 감당해온 일이었고, 나만 못 하겠다고 파업을 하면 내 몫까지 동기들이 해야 했기 때문이다. 다행이 몇 년 후에 그런 규율은 없어졌지만 프로에 대한 기대를 한가득 가지고 입단한 나에게는 기쁨을 누릴 여유도 없을 만큼 힘든 규율이었다. 세탁기를 옆에 두고 모든 빨래를 모아 손으로 비비고 있던 순간은 지금 떠올려도 진절머리 나는 기억이다.

_ 약점이 장점으로, 장점이 강점으로

수비가 뛰어난 공격수. 모두가 인정하는 나의 강점이 처음부터 내 목표였던 건 아니다. 나는 그저 내가 할 수 있는 것에 최선을 다했을 뿐이었다. 예전에 나는 내가 주전이 되지 못하는 이유가 경기에 기용할 만한 뛰어난 장점이 없어서라고 판단했다. 그래서 기본에 충실했고 무작정 배구공을 옆구리에 끼고 먹고 잘 정도로 훈련을 했다. 당시의 목표라면 팀의 살림꾼 노릇을 하는 선수가 되자는 것이었고, 노력으로 발전시킬 수 있었던 수비에 집중했다.

돌아보면 그동안 나는 매 순간 내가 할 수 없는 것에 절망하기보다 할 수 있는 것만 생각하며 노력해왔다. 그러다 어느 순간 정말 감사하게도 키가 자라면서 내 약점이었던 신장이 장점으로 변했고, 수비와 공격력을 모두 갖춘 선수가 되었다.

만약 내가 유년 시절 키가 작다고 노력을 게을리했다면 어땠을까. 배구 선수로서 신장은 정말 중요하지만 키가 큰다고 해서 갑자기 실력이 일취월장하는 것은 아니다. 내 경우에는 평소 다져놓은 기본기가 있었고, 나만의 무기를 만들고자 훈련해왔기 때문에 신체 조건이 좋아지면서 장점이 강점으로 빛을 빛하게 된 것이다.

무엇보다 내가 그동안 노력해오지 않았다면, 내게 주어진 기회들을 어쩌다 주어진 운이라 생각하며 두려워했을지도 모른다. 그러나 쉬는 시간이나 주말에도 노력하며 작은 기회라도 잡으려고 간절히 바라왔기에, 기회가 왔을 때 나는 받을 자격이 있다는 자신감으로 당당할 수 있었다. 그리고 그 자신감 덕분에 마음껏 실력 발휘를 하며 경기에서 활약할 수 있었다.

다른 사람에 비해 나 자신이 초라해 보일 때가 있다. 나 또한 동료 배구 선수가 나보다 훨씬 뛰어난 체격 조건을 가지고 좋은 기술을 보이거나, 타고난 운동신경으로 감각적인 공격을 하는 모습을 보면 의기소침할 때도 있었다. 꿈을 쫓아가다 보면 환경이든 재능이든 걸림돌이 생기고, 발이 걸려 넘어져 멈추는 순간이 온다. 그럴 때는 마음에 통증이 일면서 이 길을 계속 걸어가야 할 것인지 깊은 고민에 빠진다. 그러나 그런 순간이 나에게만 오는 것은 아니다.

사람은 누구나 장점이 있고 단점도 있다. 물론 그 비중의 차이가 크거나 선천적으로 타고난 장점이 큰 경우가 있다. 그러나 정말 중요한 것은 내가 어느 쪽에 비중을 두느냐는 것이다. 아무리 작은 장점이라도 자신이 그쪽에 무게중심을 두고 키워나가면 단점을 돌파할 수도 있고, 단점을 크게 여기고 무게중심을 둔다면 많은 장점에도 포기하게 될 수도 있다. 그러니 아무리 고민을 하고 넘어져 봐도 단념이 안 될 만큼 가슴이 뛰는 꿈이 있다면, 장점에 무게 추를 올려야 한다. 내가 키가 작아서 수비에 장점이 있다고 생각했던 것처럼 말이다. 그리고 그것을 완전히 나만의 것으로 만들기 위해 죽을힘을 다해보자. 미래는 알 수 없는 것이다. 그래서 불안하지만 한편으로 알 수 없기 때문에 생각지도 못한 가능성으로 가득하다. 노력으로 만들어낸 자신만의 장점이 다른 요소와 합쳐져 강점이 되는 순간이 오면 인생에 어떤 기적이 일어날지 모른다.

앞으로 돌파해 나가기를 결정했다면, 부정적인 목소리에는 더 이상 귀 기울이지 말아야 한다. 내 인생은 나 자신만의 것이고 스스로 결정하고 나아가는 것이다. 내가 꿈을 포기하지 않겠다고 결정했다면, 힘 빠지게 만드는 이야기나 머릿속의 변명들은 뒤로하고 매일 도전하고 이겨내야 한다. 그러면 어느 순간 막연히 머릿속에만 그리던 꿈이 현실로 다가올 것이다.

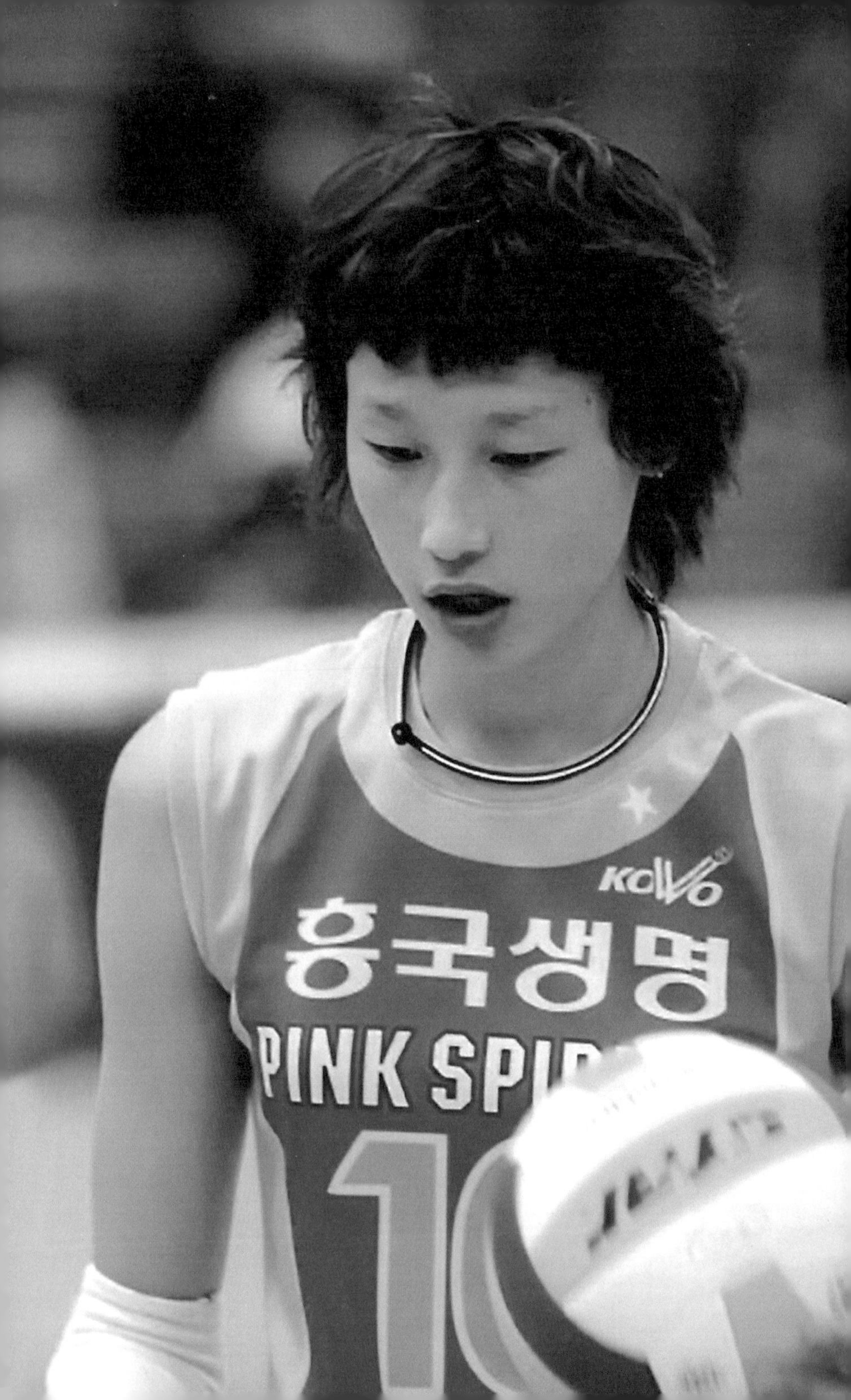
흥국생명

나는 누구고
여긴 어디인가

_ 슈퍼루키 등장!

2006년 4월 2일, 우승을 결정하는 마지막 경기가 열리는 날, 유관순체육관 안은 긴장감으로 가득했다. 그도 그럴 것이 우리 팀인 흥국생명이 전날 열린 경기를 승리로 이끌어 상대팀인 한국도로공사와 2승 2패인 상황이었기 때문이다. 마지막 남은 경기를 이기는 팀이 우승을 거머쥐게 될 터였다.

상황은 시작부터 만만치 않았다. 서로 우승컵을 바로 코앞에 두고 있었기 때문에 불꽃 튀는 경기가 이어졌다. 경기가 시작되고 전력을 다했지만 상대 팀 공격에 밀리며 첫 세트를 내주고 말았다.

'여기까지 어떻게 왔는데. 이대로 우승을 내줄 수는 없지.'

두 번째 세트가 시작되면서 나는 우승에 대한 열망으로 가득했다. 프로 팀에 데뷔해 처음으로 노리는 리그 우승이었다. 그토록 간절히 바라는 것이 금방이라도 손에 잡힐 듯이 코앞에 있는 상황이었다. 무슨 수를 써서라도 기필코 이겨야 한다는 생각으로 머릿속이 가득했다. 첫 세트 이후 위기감을 느낀 우리 팀은 역공에 돌입했다. 공격을 주고받으며 치열하게 따라잡은 결과 흐름이 넘어오는 것이 느껴졌다. 공격이 연이어 성공하면서 내가 득점을 낸 공격만 60%를 넘어갔다. 우리는 두 번째 세트를 가져왔고 세트 스코어 동점을 만들면서 체육관은 뜨거운 열기로 가득 찼다.

네모난 하얀 코트 속 선수들 사이에는 팽팽한 긴장감이 흘렀다. 아주 잠깐이라도 방심했다가는 우승을 놓쳐버린다는 사실에 서로 눈빛만 마주쳐도 이를 드러내고 으르렁거리는 듯했다. 경기가 이어지면서 숨을 고를 새도 없이 공격을 주고받았고, 불꽃 튀는 접전이 이어졌다. 나는 오직 이 순간만을 위해 살아온 것처럼 모든 신경을 배구공에 쏟아부었다.

'어디로 날아오든 다 받아낼 테다. 기회만 있다면 모조리 공격을 성공시켜 버리겠다.'

우리는 전쟁을 치르는 사람들처럼 치열하게 싸웠다. 다행히 세트는 우리가 가져왔고 2대 1이 되었다. 승리의 여신이 우리 팀의 코트 주위를 맴도는 게 느껴졌다. 이제 한 세트만 더 가져온다면 내 생애 최초로 우승을 하게 될 터였다. 나는 연이은 공격을 받아내고 대담하게 점프하며 승부에 몰입했다. 마지막 기회를 살리기 위해 상대 팀에서도 공격이 쏟아졌다. 어느덧 내 귀에는 관중들 소리는 들리지 않았고, 턱까지 차오르는 숨소리와 코트 안으로 날아오는 배구공만 시야에 가득했다.

경기는 끝까지 긴장을 풀 수 없는 상황이었다. 접전이 이어졌고 매치포인트 상황이 벌어졌다. 나는 너무도 우승이 간절했기 때문에 경기에 대한 전략을 떠올리기보다는 스스로를 세뇌하듯 같은 생각을 무한정 반복하고 있었다.

'무조건 된다.'

'미친 듯이 뛰면 어떻게든 된다.'

매치포인트 상황에서 나는 다리에 힘을 주고 자세를 잡았다. 한 번만 더 공격에 성공하면 우승이었다. 두 손에 우승 트로피를 거머쥔다면 벤치에서 후보로 보냈던 기억을 모두 날려버릴 만큼 짜릿한 보상이 될 것이 틀림없었다.

숨을 천천히 고르며 호흡을 가다듬었다. 앞에 있는 세터가 백 토스를 하며 공을 올렸다. 모든 장면이 슬로 모션처럼 느리게 흘러가는 듯 느껴지면서 온몸의 신경세포가 허공에 떠오른 배구공을 향했다. 나는 감각으로 느껴지는 타이밍에 맞춰 바닥을 짚고 점프를 했다. 몸이 떠오르는 순간 토스 받은 공을 스파이크로 연결시켜 C속공을 시도했다.

뛰어오르면서 생긴 속도에 팔을 휘두르는 속도를 얹어 공을 타격했다. 방향을 바꾸어 상태 팀 코트를 향해 빠르게 날아가기 시작하는 공의 느낌이 손을 타고 온몸으로 전해졌다. 그리고 공의 동선을 따라 보이는 작은 틈. 상대 팀 선수들이 뛰어오르며 블로킹을 시도했다. 그러나 공은 내가 보았던 그 틈으로 빨려 들어가듯 흘러가고 코트에 내리꽂히며 마찰음을 울렸다.

탕. 승리를 확정 짓는 소리였다. 두 눈으로 직접 상대 팀 코트 안에 떨어진 공을 확인하는 순간, 나는 속에서 터져 나오는 함성을 내질렀다. 흥국생명 창단 이후 21년 만에 처음으로 거머쥐는 통합 우승이었다.

"와아아아!"

관객석에서도 함성이 쏟아졌다. 우리는 서로를 와락 끌어안으며 승리의 쾌감을 만끽했다. 축포가 터지고 우승컵을 전달받는 세리머니가 이어졌다. 그리고 나는 신인이 된 첫해에 여자부 정규리그 최우수 선수로 뽑히며 리그에서 가장 주목받는 선수로 떠올랐다. 한국 프로 스포츠 역사에 유례가 없는 신기록이었다. 신인왕부터 정규리그 MVP와 챔피언결정전 MVP. 첫 우승을 거머쥔 날 꿈속을 거니는 기분이었다. 고생한 기억들이 지나가며 울컥할 줄 알았는데 미친 듯이 기뻐서 경기장을 방방 뛰어다녔다. 누군가 내 마음속을 들여다보았다면 아마 우승을 축하하며 터트린 종이가루들이 반짝거리며 한가득 쏟아지고 있을 터였다. 내 마음은 이스트를 가득 넣은 빵처럼 부풀어 올랐다. MVP 트로피를 쥐고 있는 손이 뜨겁게 느껴졌다.

리그가 끝나고 우리 팀은 그동안 경기를 진행하느라 미뤄왔던 검진을 시작했다. 통증을 느꼈던 부위라든가 불편하게 느껴졌던 부분을 이야기하며 자세한 검사를 했다. 의사와 상담을 하면서 나는 점프를 하고 움직일 때마다 오른쪽 무릎에 통증이 느껴진다고 이야기했다. 정확히 인지할 수 없지만 특정 각도로 무릎을 쓸 때마다 전해지는 불쾌한 기분. 혹시 문제가 있는 것은 아닌지 걱정스럽게 만드는 그 느낌을 해결하고 싶었다.

MRI를 찍고 난 후 사진을 앞에 두고 의사의 설명이 이어졌다. 결론부터 이야기하면 무릎뼈가 떨어져나가 돌아다닌다는 이야기였다. 그 말을 듣는 순간 나는 어리둥절했다. 왜냐하면 불편한 감은 있었지만 경기 중에 특별한 부상을 당한 것은 아니었기 때문이다. 또 고질병처럼 어릴 때부터 문제였던 부위도 아니라서 무릎뼈에 이상이 있을 거라고는 생각지도 못했다. 수술을 해야 한다는 의사의 진단이 억울하게 들렸다.

구름 위를 뛰어다니다가 바닥으로 뚝 떨어지는 느낌이었다. 이제 시작이라고 생각하며 자신감에 가득 차 주먹을 불끈 쥐었는데 수술이라니. 수술을 하고 나면 재활에 반년은 걸릴 터였다. 게다가 최우수 선수로 꼽히며 배구계의 주목을 받은 지 얼마 지나지도 않았는데 수술이라니. 수술을 하고 예전과 같은 기량으로 회복하지 못하면 어떻게 하지? 생각만 해도 우울해지는 것 같았다.

'수술을 하고 나서도 이전처럼 무릎이 움직여줄까?'

불안한 생각들이 머릿속을 헤집고 다녔다.

'흥국생명 최초의 통합 우승!'

'이제 막 데뷔한 신인의 MVP 수상!'

부상만 아니었다면 분명 입가에 미소를 흘리며 기사를 보고 있었을 텐데. 그동안 나를 응원해준 가족과 친구들과 힘께 고생을 보상하듯 맛있는 것을 먹으며 이 순간을 누리고 있었을 텐데. 더 이상 이런 기사들이 하나도 기쁘지 않았다. 현실은 더 이상 시간을 지체하지 않기 위해서라도 빨리 수술을 해야 하는 상황이었다.

수술 당일 나는 엄마의 걱정스러운 얼굴을 뒤로하고 수술대에 올랐다. 그때 내 키는 190cm를 넘기고 있었다. 그런데 척추 마취를 하기 위해서 주사가 잘 들어가도록 두 무릎을 잡고 웅크리고 있으려니 한없이 초라해지는 기분이었다. 나는 다시 엄마 뱃속으로 돌아가 태아가 된 것 같은 자세를 취하고 척추뼈가 잘 보이도록 최대한 등을 접고 숨을 죽였다. 주삿바늘을 기다리는 동안 코트 위를 날아다니며 스파이크를 날리던 일들이 꿈처럼 아득하게 느껴졌다.

'제발, 이전과 기량이 다름없기를.'

수술대에 올랐던 열여덟 살 나의 바람은 다시 코트 위를 뛰어다니는 것뿐이었다.

_ 나도 왕년에는

첫 수술이 끝나고 무릎에는 감각이 없었다. 병실에 누워 지루하도록 하얀 천장을 바라보았다. 하루가 일 년처럼 느껴질 만큼 시간이 느리게 흘러갔다.

'이거 하나를 들 수 없다니 어떻게 이럴 수가 있지?'

수술 직후 다리는 움직이지도 않았다. 마치 내 것이 아닌 것처럼 느껴지는 다리를 바라보면 당황스럽기만 했다. 게다가 키에 비해 작게 느껴지는 병실 침대에 애써 몸을 구겨 넣고 무력하게 누워 있는 기분은 정말이지 끔찍했다. 한없이 느리게 흘러가는 시간 동안 머릿속에는 별별 생각이 다 밀려들면서 미칠 것 같은 심정이었다.

이제 와 생각해보면 그때 나는 배구를 시작한 이후 처음으로 오랫동안 아무것도 하지 않는 시간을 보냈다. 한 번도 아무것도 하지 않으며 시간을 보낸 적이 없던 나로서는 배구를 할 수 없다면 무엇을 해야 할지 몰라 당황해했다. 어릴 때부터 잠시라도 가만히 있지 못하는 성격이었고, 한순간이라도 심심할 틈을 만들지 않는 성격이었다. 친구가 옆에 있다면 함께 뛰어놀았고, 혼자 있으면 공을 가지고 놀았다. 책을 즐겨 읽은 것도 아니었으니 병실에서는 간간이 휴대폰을 하는 것 말고는 도무지 할 일이 떠오르지 않았다. 부상도 부상이었지만 내가 정말 견디기 힘들었던 건 시간을 흘려보내는 일이었다

재활은 누구에게도 특혜를 주지 않는 지지부진한 과정이다.

운동선수든 아니든 누구라도 수술을 하고 나면 그 부위에는 근육이 빠진다. 감각이 돌아와도 무릎은 내 의지대로 구부려지지 않는다. 무릎이 기본적인 기능조차 하지 못하는 것이다. 그동안 나는 힘을 주면 근육이 땅겨지면서 원하는 대로 움직이는 것을 당연하다고 생각해왔다. 아니, 무릎의 움직임에 대해 딱히 신경 써본 적이 없었다. 내 몸이 한순간이라도 자유롭게 움직일 수 없을지도 모른다고 생각해본 적이 없던 나로서는 덜컥 겁이 나기 시작했다.

오전이고 오후고 병실 침대에서 무릎에 힘을 주는 동작을 반복했다. 허공을 날아오르며 스파이크를 날려 블로킹을 뚫던 것은 지난날의 꿈같았다. 몇 날 며칠을 하루 종일 무릎에 힘만 주는 동작은 정말 나를 무력하게 만들려고 작정한 일처럼 느껴졌다. 정적이 흐르는 병실에는 기본기가 튼튼하며, 신장 조건이 좋고 이를 바탕으로 뛰어난 기량을 선보였던 슈퍼루키 김연경이 아닌, 언제 걸을 수 있을지 몰라 한숨을 푹푹 내쉬며 어색한 다리를 매만지는 환자만이 있었다.

무릎에 간신히 힘이 들어가기 시작하면 그다음은 걷는 연습이었다. 바닥에 발을 딛고 한 걸음씩 앞으로 나아가는 매우 당연한 그 움직임! 그 동작이 당연해지지 않게 되어버린 나는 또 몇 날 며칠 걷기 연습을 했다. 텔레비전으로 경기 장면이 나올 때마다 몸의 감각들이 꿈틀거리며 아우성을 치는데 병실 복도에 있는 나는 걷는 것조차 힘이 들었다. 마음은 벌써 한 발을 짚고 공중으로 날아올라 능숙하게 점프를 해대는데 현실은 목발을 짚고서도 힘이 제대로 들어가지 않아

부들부들 다리가 떨렸다. 그럴 때면 저절로 이런 생각이 들었다.

'나는 누구고 여긴 어디인가.'

활발함을 빼면 시체였던 나는 처음으로 구덩이를 파고 한없이 땅속으로 잠기는 무력감에 젖어들었다. 기나긴 재활 훈련이 이어졌다. 젤리처럼 말랑말랑했던 무릎에 근육이 차고, 걸음에도 불편함이 사라지기 시작했다. 시간이 지나자 일상생활에는 무리 없는 상태로 회복하고 있었다. 그러나 또 한 번의 좌절은 이 순간에 찾아왔다.

나는 배구 선수다. 그야말로 운동을 직업으로 하는 사람. 그러나 텔레비전에서 중계하는 경기를 보면 나를 제외한 모두가 최고의 기량을 펼치며 펄펄 나는 것처럼 보였다.

'내가 운동선수로서 기량을 되찾기 위해서는 또 얼마만큼의 시간이 걸릴까?'

'몸이 돌아와도 예전처럼 움직여줄까?'

불안감이 몰려들면 재활을 하다가도 기운이 쭉 빠졌다. 나는 막연히 수술을 하면 회복하는 것이 가장 힘들 거라고 짐작은 하고 있었다. 그러나 정말 극복하기 어려운 것은 몸보다 마음이었다. 재활이란 몸을 다시 만드는 과정이라기보다는 자신의 마음을 대면하고 하나하나 점검하는 시간일지 모른다는 생각이 들었다. 왜냐하면 이제까지 당연하게 생각해온 것들, 코트 위에서 훈련해온 대로 몸이 움직이고 감각이 살아나고 공이 시야에 들어와 내가 날려 보낼 방향을 판단하는 이 모든 것이 당연한 것이 아니라는 것을 처음으로 깨달았기 때문이다.

재활이라고 불릴 만한 과정이 끝나고 나는 수술 이전의 나를 목표로
두고 운동을 시작했다. 안정적으로 서브를 받고, 매섭게 스파이크를
날리던 나. 허공으로 날아오르면 높이와 속도가 최고였던 나.

걷는 연습부터 코트를 누비던 최고의 기량까지 단계별로 몸 상태를
거치면서 내가 확실히 알게 된 것이 있다. 그것은 내가 숨을 쉬는
것처럼 언제나 배구공을 잡고 싶어 한다는 것이었다. 누군가에는
진부하게 들릴지도 모르겠다. 배구 선수가 배구를 사랑하는 세
당연한 거 아니냐고 말이다. 그러나 재활 과정은 넘치는 자신감으로
하루하루를 보내던 내가 처음으로 나의 내면을 들여다보며 진정으로
원하는 것이 무엇인지 알 수 있는 시간이었다.

_ 내가 가진 최고의 기술

아픈 만큼 성숙한다는 말이 있다. 보통 이 말은 마음에 상처를 겪고
난 후 성숙해진다는 의미로 쓰인다. 그러나 나는 마음이 아니라 무릎이
아파서 수술을 하고 재활을 하면서 한층 성숙해질 수 있었다. 프로로
데뷔한 시점에서 불가피하게 한 수술이라 앞으로 선수로서 오래도록
활동하려면 몸을 어떻게 관리해야 하는지에 대해서도 구체적으로
고민하게 된 계기였다. 물론 인생은 생각대로 되지 않는다. 특히 나는
생각대로 잘 하지 못해서 경기가 시작되고 몰입을 하다 보면 어느새

부상 부위를 조심해야 한다는 다짐은 온데간데없이 사라지고 엄습하는 고통을 무시하며(?) 감각대로 움직이기 바빴다. 경기에 몰입한 덕에 승리의 여신은 내 주위에 머물렀지만, 그 덕에 나는 2007년 시즌 후 왼쪽 무릎 연골 파열로 인한 수술과 2008년 두 번째 수술 후 무리한 일정 탓에 베이징 올림픽 최종 예선을 앞두고 무릎 연골이 다시 파열되어 3년 연속으로 수술대에 오르고 말았다. 이제 무릎에 연골이 많이 없는 상태다.

나이가 어릴 때는 몸 상태가 대부분 좋은 날이었다. 조금 과장해서 말하면 정말 가볍게 점프를 해도 체육관 천장에 손이 닿을 것처럼 느껴졌달까. 그러나 이제는 컨디션이 완벽하게 좋은 날 아니면 모를까 천장에 손이 닿을 것 같은 날은 없다. 다만 그때와 달라진 점이라면 운동선수라는 직업을 가지고 오랜 시간 경험을 쌓아온 덕분에 몸 관리 능력이 생겼다는 것이다. 몸 상태에 미묘한 조짐이 느껴지면 바로 조치를 해서 바로잡기도 하고, 컨디션을 끌어올리기 위해 경기를 준비하면서 훈련을 조절하기도 한다. 그때그때 다른 몸 상태에 맞추어 유연하게 환경을 조절하며 준비된 상태를 만드는 것에 능숙해졌다.

잦은 수술과 부상으로 약해진 부위에 대해서도 특별 관리를 한다. 약한 부위에 계속 무리가 가면 상태가 악화되기 때문에 트레이닝으로 주변 근육을 보강한다. 그러면 약한 부위에 실리는 힘이 분산되면서 그 부분이 더 오랜 시간 버틸 수 있도록 해준다. 간단히 말해 이제는 내 몸의 장점과 약점을 충분히 파악하고 있고, 이에 맞는 맞춤형 훈련과 전략을 짜서 매일 기량을 유지할 수 있다. 또 펄펄 날아다닐 것 같은 체력이 사라진 대신 수많은 경기를 헤쳐 온 연륜으로 상황마다 날렵한 감각을 세우며 효율적으로 움직인다. 어찌 보면 동물적으로 느껴지는 감각들이 그동안 쌓인 경험으로부터 나온 특별한 감각이라 믿으며, 나 자신만의 움직임을 따르는 것이다.

물론 나는 기계가 아니라 사람이기 때문에 의지대로 되지 않을 때도 많다. 솔직하게 고백하자면 이렇게 관리를 해도 한번 부상이 생긴 부위는 경기 중에 갑작스럽게 통증을 느낄 때가 있다. 지금까지 치명적으로 경기에 방해가 된 경우는 없었지만, 불편한 통증이 찾아들면 신경에 거슬리는 것이 사실이다.

가끔이지만 공이 날아오는 것을 보고 허공으로 날아올라 손으로 딱 때리려는데 순간 어깨가 아파서 내가 보았던 틈새로 정확히 보내지 못할 때가 있다. 그럴 때는 처음 생각과는 다른 방향으로 조금 틀어서 공을 보낸다. 서브를 받을 때도 무릎에 통증이 일면 내가 원하는 만큼 깊이 들어가지 못하는 경우도 있다. 그리고 고통은 한번 시작되면 경기가 끝날 때까지 지속된다. 갑자기 나타난 것처럼 감쪽같이 사라지는 경우는 없다. 그래서 통증이 느껴지기 시작하면 딱히 방법이 없다.

'어깨에 통증이 느껴지고, 지금 경기 상황은 어렵다. 내가 공격을 더 밀어붙이지 않으면 역전이 힘들지도 모른다.'

머릿속에 복잡한 생각까지 뒤엉키면 몸이 둔해지기 시작한다. 이때부터는 승부수는 흔히 말하는 정신력 싸움뿐이다.

'그럼에도 나는 기필코 이길 거다.'

최대한 정신을 집중하고 단 하나의 목표만 강렬하게 떠올린다. 단순하고 강력한 소망으로 상황을 정리하고 온 힘을 쏟아부으면 통증은 점차 무시된다. 감각이 사라지는 것은 아니지만 공이 눈앞에 날아오면 어느새 나는 힘차게 점프를 하는 것이다. 경기 영상을 되돌려 보면 통증이 있었던 순간이나 없었던 순간이나 별다른 차이 없이 무지막지하게 팔을 휘두르며 움직이는 내 모습이 보인다. 내 모습인데도 경기가 끝나고 보면 그걸 어떻게 버텼나 싶다.

나는 고통을 잘 참거나 무딘 성격이 아니다. 오히려 엄살이 심한 편이다. 평소에는 종이에 손만 베어도 몇 번이고 쳐다보면서 울상을 지으며 따갑다고 투덜거리기 일쑤니까. 그러나 경기가 시작되면 부상 관리고 뭐고 아무것도 모르겠다는 얼굴로 주먹을 불끈 쥐고 포효하거나 상대 팀 코트를 향해 스파이크를 날린다. 나로서도 이런 나의 이중적인(?) 모습은 설명하기가 어렵다. 그러나 경기하는 그 순간, 코트 위에서 내 마음속을 가득 채우고 있었던 열망이 무엇이냐고 묻는다면 조금의 망설임도 없이 바로 말할 수 있다.

'무슨 일이 있어도 이기고 싶다.'

나에게 불리하게 작용하는 여러 가지 상황들과 수많은 변수들에도 이기고 싶다는 열망은 항상 그보다 훨씬 컸다. 그래서 나는 생각한다. 마음에 품고 있는 단 하나의 강렬한 목표를 향해 정신을 집중하고 온 힘을 쏟는 것, 그것이 내가 가진 최고의 기술이라고.

제일 먼저 배운 일본어는
'츠카레마스'

해외에서 경기가 있는 날이었다. 경기가 끝난 후 다른 나라 선수들과
함께 같은 식당에서 저녁을 먹게 되었다. 자리를 잡고 앉아 식사를
하는데 어디선가 외국어로 반갑게 인사를 나누는 소리가 들렸다.
고개를 들어 소리가 난 쪽을 바라보니 건너편 테이블에서 서로 다른
국적의 선수들이 반가운 얼굴로 대화를 주고받고 있었다. 오랜 친구를
만난 것처럼 얼굴에 화색이 돌고 화기애애한 분위기가 조용히 식사를
하는 우리나라 팀의 모습과 대조적으로 느껴졌다.

그 모습이 신기하고 신선하기도 해 곰곰이 생각해보니 그들은 국적은 다르지만 해외로 진출해 유럽 리그에서 한 팀이 되어 활동했거나 활동 중인 선수들이었다. 그런 와중에 각자의 나라 국가대표로 경기에 출전해 우연히 만난 동료들과 반갑게 인사를 나누는 중이었던 것이다. 문득 내 머릿속에는 한 가지 궁금증이 일었다.

'왜 우리나라 배구 선수들은 해외로 나가지 않을까?'

기억을 되짚어보아도 우리나라 여자 배구 선수들 중에는 해외에 진출한 경우가 거의 없었다. 1976년 몬트리올 올림픽에서 동메달을 딴 조혜정 선수가 1979년 이탈리아 리그로 진출한 경우가 거의 유일한 거 같다.

'실력만 갖춰진다면 더 큰 무대로 나가서 활동할 수 있지 않을까?'

평소 나는 국내 리그에서 활동하는 외국 선수들과 친하게 지냈다. 특별한 의도를 가지고 그랬던 것은 아니고, 굳이 이유를 찾아보자면 다른 문화에서 자란 사람들에 대한 호기심이 있었던 것 같다. 그들이 어떤 식으로 배구를 접하고 어떤 환경에서 배구를 배워 선수가 되었는지 궁금했고, 우리나라 선수들과 다른 사고방식을 가지고 운동을 하는 것도 신선했다. 어쩌면 생소한 나라일 수 있는 한국에 와서도 즐겁게 지내면서 뛰어난 실력을 보이는 외국 선수들과 대화를 나누다 보면 무척 흥미로웠다.

그날 이후 해외 진출에 관심이 생긴 나는 친하게 지내던 외국 선수들에게 어떻게 해서 우리나라에 오게 되었는지 구체적인 과정을 물었다. 그들은 내가 왜 이런 질문을 하는지 짐작하더니 자신들이 오게 된 과정을 상세히 말해주었다. 그리고 나에게도 해외 진출의 기회를 만들어보라며 적극적으로 조언을 해주기도 했다.

"연경, 너라면 충분히 할 수 있어."

외국 선수들은 자신에게 익숙한 환경에서 벗어나 해외 리그를 경험하면 많은 것을 얻을 수 있다고 말했다. 그리고 새로운 경험들을 통해 배우고 나면 이전보다 훨씬 성장할 수 있고, 배구 선수로서의 기량도 향상될 것이라고 했다.

국내에서 데뷔한 첫해인 2005~2006년 시즌부터 나는 신인왕은 물론 정규리그와 챔프전 MVP를 차지했다. 그리고 그다음 시즌에도 정규리그와 챔프전 MVP를 거머쥐었다. 국내 리그가 좁게 느껴졌고 나의 가능성이 어디까지인지 도전해보고 싶었다. 이런 생각의 연장선에서 해외 진출은 확실한 방법이었다. 걱정스러운 점이라면, 이전에 국내 프로 여자 배구 선수가 해외로 진출한 선례가 거의 없어 길잡이가 되어줄 만한 사람을 찾기 힘들다는 것이었다. 누군가 곁에 있어서 어떤 방법으로 가게 되었는지 물어보고 조언을 구할 수 없으니 스스로 길을 찾는 수밖에 없었다.

한편으로 다르게 생각하면 내가 선례가 되어 국내 여자 배구에 활기를 불어넣을 수 있을 거라는 기대도 있었다. 다른 운동 종목의 경우에는 선수들이 해외로 나가 기량을 펼치는 것에 거부감이 없다. 오히려 국내 팬들은 세계로 나가 최고의 선수들과 함께 성장해가는 국내 선수들의 여정을 지켜보며 뜨거운 응원을 보낸다. 그래서 나는 생각했다. 만약 내가 성공적인 선례가 된다면 뒤이어 도전하는 후배들도 늘어날 것이고, 그때부터는 훨씬 수월하게 세계로 나아갈 수 있을 거라고 말이다.

해외 진출에 대한 생각이 선명해지자 그 당시 내가 소속되어 있던 흥국생명 사장님께 배구 선수로서 해외에 나가 경험을 쌓고 싶다고 말씀드렸다. 사장님은 내 이야기를 듣고서 에이전시를 통해 해외로 진출할 방법을 알아봐주셨다. 일은 일사천리로 진행되어 얼마 후 구단을 통해 제의가 들어왔다. 해외 진출의 기회를 얻게 된 것이다.

유럽과 일본에서 동시에 제의를 받았는데 지인들과 의견을 나눈 끝에 일본행을 선택했다. 먼저 가까운 나라인 일본에서 경험을 쌓은 후 유럽까지 가겠다는 계획이었다. 막상 기회가 눈앞에 주어지자 걱정보다 기대로 가득 찼다. 내가 어디까지 성장할 수 있을지 나도 궁금했다.

'실력만 있다면 어디서도 큰 어려움을 없을 거다.'

'일본도 다 사람 사는 곳이다. 친근하게 인사하고 경기에 몰입하면 못 지낼 것도 없다.'

머릿속에 걱정들이 떠오르면 스스로에게 단순하고 긍정적인 대답을 했다. 언제나 그랬듯이 제 할 일만 잘하면 다 잘될 거라는 식이었다. 나는 그저 신나고 설레는 마음으로 일본행 비행기에 올랐다.

_ 예상치 못한 복병

일본은 예상대로 한국과 크게 다른 곳이 아니었다. 사람들 모습도 비슷했고 문화적으로도 큰 차이는 없었다. 타지에 가면 힘들 거라는 주변 사람들의 걱정과 달리 일본에 도착하고서 나는 한국에서 벗어났다는 막연한 해방감을 느꼈다. 마치 가족과 살던 집에서 나와 독립을 하게 되어 자유를 만끽하는 사람처럼 말이다. 하지만 어려움은 내가 미처 예상하지 못했던 곳에 있었다.

일본 리그는 일정 기간 이상 활동한 선수들에게 독립적으로 살 수 있도록 해주기 때문에 각자 집을 알아봐야 했다. 처음에 나는 팀에 빨리 적응하기 위해 일본 선수들과 함께 숙소 생활을 했다가 팀 분위기에 익숙해지고 난 후 구해놓은 집으로 들어갔다. 나는 일본이 우리나라와 가깝기 때문에 언제든 마음만 먹으면 가족과 친구들을 볼 수 있을 거라고 생각했다. 물론 틀린 생각은 아니었다. 그러나 숙소에서 나와 처음으로 독립생활을 시작하면서 모든 것이 생각과는 다르다는 것을 깨달았다. 항상 곁에 있는 것과 마음을 먹고 시간을 내야 볼 수 있는 것은 엄연히 달랐다. 한 번도 느껴보지 못한 외로움이 밀려들면서 해방감에 들떠 신나고 자유롭던 기분은 금세 사라지고 말았다.

"띠리리리, 띠리리리."

알람 소리가 울리는 아침이면 눈을 비비며 손을 더듬었다. 귓가에 쟁쟁하던 소리가 사라지자 숨이 막힐 듯이 적막한 고요가 찾아왔다.

가까스로 눈을 뜨면 커튼 사이로 새어드는 빛이 보였다. 나는 이런 조용한 아침이 도무지 적응이 되지 않았다. 유년 시절부터 집을 나와 숙소생활을 했기에, 눈을 떴을 때 사람들이 북적거리는 소리로 가득해야 오히려 마음이 안정되었던 탓이다.

밖으로 나가도 말이 통하지 않았고, 텔레비전을 켜면 알아들을 수 없는 이야기를 하며 웃고 떠드는 사람들이 나왔다. 통역사가 없으면 전화기를 들어 마음 편하게 배달 음식도 시킬 수 없었고, 무엇보다 이 모든 일에 대해 대화할 친구도 만날 수 없었다. 나 말고는 아무도 없는, 깨끗하고 조용한 그 공간에서 나는 처음으로 외로움을 느꼈다.

전화로 가족과 이야기하거나 친구와 채팅을 하는 것도 한계가 있었다. 나는 평소 행동이 활발한 것은 물론이고 동료들과 수다를 즐겼다. 그런데 갑자기 하루 종일 입을 닫고 있으려니 속이 답답해서 견디기 어려웠다. 타지에서 혼자 산다는 것이 어떤 건지 그제야 실감나기 시작했다. 언제나 누군가의 인기척이 들리고, 항상 북적거리는 한국의 숙소가 그리웠다.

내가 한국 프로그램을 즐겨 보기 시작한 게 그때부터였다. 외로움을 달래기 위해 한국말이 항상 들리도록 해둔 것이다. 집에 있는 동안에 느껴지는 적막함이 싫어서 노트북으로 한국 예능이나 드라마를 켜두었다. 혼자 밥을 먹을 때도, 경기가 없는 날 휴식을 취할 때도, 음식을 하거나 집 안에서 이동을 할 때도 손에 노트북을 들고 움직일 정도였다. 심지어 샤워를 할 때도 마치 집 안에 누군가 있는 것처럼 화장실 문앞에 노트북을 두고 한국 예능을 틀어두었다.

몸이 힘든 것보다 마음이 힘든 것이 훨씬 괴로웠지만, 돌아갈 수는 없었다. 내가 선택한 것이었으니까. 다른 리그를 경험하고, 그것을 바탕으로 어디까지 성장할 수 있을지 도전해보기 위해 시작한 일이었다. 가족이 그립고 외롭다는 이유로 포기할 수는 없었다. 감정에 치우친 포기는 내 의견을 존중해주고 함께 방법을 찾아보고 응원해주었던 사람들에 대한 예의가 아니었다. 나에게는 일본에서 한국을 대표하는 배구 선수로서 좋은 모습을 보여주어야 한다는 책임이 있었다.

그때 나는 처음으로 혼자 시간을 보내는 방법을 찾아보고, 스스로 마음을 달래는 연습을 했다. 그리운 사람들이 생각나면 처음 일본행을 결정했을 때를 떠올렸다. 나는 반드시 해외 진출의 좋은 선례가 되겠다는 각오를 했다. 내가 성공적인 흔적을 남겨야 국내 배구계도 뛰어난 선수를 세계 무대로 보낸다는 생각에서다. 결국 방법은 오로지 배구였다. 나는 우리나라와 다른 일본 리그에서 두각을 나타내기 위해 훈련에 매진하며 외로움을 느낄 틈 없도록 배구에 몰입하기로 결심했다.

JT마블러스에 입단한 후 경험한 일본 배구에서 가장 놀란 것은 훈련 프로그램이었다. 한국보다 양이 많고 일정도 숨 돌릴 틈 없을 정도로 빡빡했다. 덕분에 나는 가장 먼저 배운 일본어가 힘들다는 말이었다.

"츠카레마스", "멘도쿠사이"

내가 동료들에게 울상을 지어 보이면 일본인 선수들은 미소를 지어 보였다. 난 정말 힘들고 죽겠는데도 말이다. 게다가 국내에서는 식사 후 낮잠 자는 시간이 있어 체력을 보충할 수 있었는데 일본은 그마저도 없었다. 아침 7시에 일어나면 오후 5시 30분까지 짜인 일정대로 훈련 또 훈련이었다. 하지만 확실한 장점도 있었다. 해야 하는 일을 소화해내면 다른 부분에 대해서는 친절하고 세밀하게 관리해주었고 선수들이 운동에만 전념할 수 있도록 선수들의 불편에 주의를 기울이며 즉각적으로 해결해주었다. 한번은 운동을 하다 발바닥에 통증이 느껴져 증상을 이야기한 적이 있었는데, 구단에서 바로 내 발 모양에 맞는 특수 깔창을 준비해주었다. 한국 선수인 나를 위해 김치까지 챙겨줄 정도였으니 운동과 관련한 부분은 두말할 필요가 없었다. 일본 특유의 체계적인 관리를 받다 보면 정말 운동에만 집중하게 되고, 운동만 잘하면 되겠다는 생각이 절로 들었다.

내게 친절하게 대해준 사람들은 구단 관계자들만이 아니었다. 처음 만나는 동료 선수들도 낯선 땅으로 날아온 나를 오랜 친구처럼 챙겨주었다. 여가 시간이 생기면 함께 쇼핑을 다니거나 마사지를 받기도 했다. 나중에는 한국 친구들과 그랬던 것처럼 네일 숍을 가거나 다 함께 시내로 놀러 나가 즐거운 시간을 보냈다. 동료들의 안내 덕분에 휴일이 생길 때마다 일본 이곳저곳을 누비며 소중한 추억을 만들 수 있었다.

일본 생활에서 불편한 점이 있었다면 단 하나, 통역이었다. 일본에 도착했을 때 나는 단 한 마디의 일본어도 알아들을 수 없는 상태였다. 일본어를 배우기 시작했지만 언어는 아무래도 시간이 걸리는 일이었다. 나는 내성적인 성격이 아니라서 어떤 상황이라도 크게 손짓을 하며 바로바로 의견을 피력했는데 일본어를 제대로 못하니까 알아듣지도 못하고, 시원하게 이야기도 못 하고 답답한 상황만 반복되었다.

팀에서는 나를 위해 통역사를 구해주었는데 처음 만난 통역사는 일본인이었다. 나는 그때 통역사와 함께하는 것이 처음이라 어떤 불편함이 있을지 미리 생각하지 못했다. 그러나 통역은 정말로 중요한 역할이며, 나와 성격적으로 잘 맞는 사람이어야 했다. 그야말로 나를 대신하는 귀와 입이기 때문이다. 나는 통역이 단지 언어를 바꾸는 것으로 생각했는데 그렇게 간단한 일이 아니었다. 나의 성격에 맞는 언어를 쓰면서 바로 표현하고, 의견을 대신 피력해줄 사람이 필요했다.

예를 들어 감독님이 훈련 중에 지시를 내리면 내 귀로 바로 의미 전달이 이루어져야 한다. 그런데 통역사가 훈련 용어를 이해하지 못하거나 감독님의 의도를 모르면 그 뜻이 반만 전달된다. 경기와 훈련은 교과서에 나오는 이론이 아니라 실전이기에 추상적인 설명을 할 때가 많다. 그래서 직접 배구를 해본 경험이 없거나 센스가 없으면 100% 알아챌 수 없는 부분이 있다. 게다가 사람들은 각자 가진 성격이 모두 다르다. 나의 경우 나를 대신해주는 통역사가 처음에는 내가 쓰는 대화법과 달라서 어색하고 답답한 부분이 있었다. 마음은 앞서는데 의견이 잘 전달되지 않을 때면 나는 통역사의 얼굴을 바라보며 답답한 아우성을 치는 것 외에는 방법이 없었다.

가끔 내가 생각하기에 감독님의 지시가 반쪽짜리가 되고, 내 의견이 어중간하게 전달된다고 생각이 든 경우가 있었는데 마침 팀에서 한국인 통역사를 찾아서 바꿔줬다. 우리나라 사람이라 그런지 처음부터 친근함이 느껴졌고 다행히 나와 성격이 잘 맞아 금세 친해져서 내게 안성맞춤인 귀와 입이 되어주었다. 잘 맞는 통역사를 만나고 난 후 나는 경기장에서도 훨씬 빠르고 적절하게 대응하게 되었다.

두 번째 통역사는 옆에서 모든 말을 전해주려고 하지 않고 내가 할 수 있는 부분은 직접 말하도록 하고, 틀린 말이나 문법을 교정해주면서 실전형 언어가 늘 수 있도록 신경을 써주었다. 덕분에 일본어를 배우는 데 속도가 붙었고, 지금은 제법 듣고 말할 수 있을 정도가 되었다.

일본에서 활동하는 내내 친하게 지내던 두 번째 통역사는 나보다 언니였는데 나와 일을 한 것을 계기로 일본 구단과 인연을 맺었다. 지금까지도 매니저 일을 하고 있고, 팀 코치와 사랑에 빠져 결혼까지

했다. 언니는 지금까지도 일본에 놀러 오라며 연락을 보내오고, 나에게 한결같은 응원을 보내주는 고마운 사람이다.

_ 사요나라, JT마블러스

JT마블러스는 나와 임대 계약을 맺기 이전에 시즌 성적이 부진한 상황이었다. 그래서 용병으로 들어온 내게 기대하는 바가 컸다. 사실 기대한 만큼 좋은 대우도 해주었기 때문에 내가 용병 역할을 톡톡히 해내지 않으면 안 되는 상황이었다. 나는 같은 팀이었던 일본 국가대표 세터 다케시타 요시에와 환상의 호흡으로 경기를 이끌었다. 그 결과 중위권에 머물렀던 JT마블러스는 내가 이적한 첫해에 챔피언전에서 준우승을 차지하며 화제의 중심이 되었다.

아깝게 우승을 놓친 이후 나는 이전보다 훨씬 더 신중한 태도로 경기를 준비했다. 국내 배구와 달리 일본 배구는 현미경 배구라고 불릴 만큼 치밀하고 정확한 플레이를 했다. 특히 데이터 분석을 활용한 경기 전략과 운영 방식은 일본 배구 특유의 강점이었다. 어느 정도였냐면 경기를 뛰는 동안에도 나의 플레이를 분석당하는 느낌이 들었다.

철저한 분석을 바탕으로 다음 경기를 준비하는 일본 리그에 대비하려면, 변화된 플레이와 그에 맞는 나만의 무기를 만들어야 했다.

항상 같은 방식으로 경기를 준비하는 것은 패배를 준비하는 것이나 다름없었다. 나는 새롭게 마음을 다잡으며 다음 시즌에는 일본에서 먹는 밥값을 제대로 해보겠다고 열의를 불태웠다.

'김연경, 새해 첫 경기 27점 폭발'

'종횡무진 김연경, 일본 여자 배구 최고 용병'

'일본 배구 김연경, 30점 융단폭격'

'김연경, 각종 공격부문 1위 JT 마블러스 수호신'

이듬해, 일본 배구에 적응을 끝낸 나는 첫 경기부터 질주했다. 일본 배구계의 반응은 그 어느 때보다 뜨거웠다. 출발할 때의 기세를 몰아 활약을 이어갔고, 마지막 도요타 퀸시스 경기에 선발 출전해 18점을 올리며 종지부를 찍었다. 이로써 JT마블러스는 2009~2010 일본 프로배구 V리그 여자부 정규 시즌 1위를 기록했고, 나는 득점왕을 거머 쥐었다. 일본에서 계속 활동을 이어갈지 고민하다가 머물렀던 2010~2011시즌에는 팀을 우승으로 이끈 것은 물론이고 나는 최우수 선수인 MVP까지 거머쥐었다. 이 모든 것이 첫 해외 진출 2년 만에 해낸 일이다. 팀의 우승을 위해 땀을 흘렸던 나에게 팬들은 물론 동료들까지 무한한 지지를 보내주었다.

일본에 처음 발을 딛을 때만 해도 상상하지 못했던 결과다. 걱정과 우려 속에서 시작했던 도전은 어느새 값진 경험과 가치 있는 결과를 이루어내고 있었다.

시즌이 끝나고 에이전시를 통해 터키리그에서 이적 제의를 받았다. 해외 진출을 해보고 싶다고 생각했을 때 막연히 떠올린 일이었다.

유럽 리그는 내가 그려온 꿈의 무대였다. 최고의 선수들이 모여 있는 최고의 팀. 고민할 여지가 없었다. 내 마음은 이미 새로운 세계를 향해 움직이며 앞으로 일어날 여정을 살피고 있었다.

　일본 활동을 마치고 국내로 돌아오던 날, 2년 동안 한솥밥을 먹으며 함께했던 JT마블러스의 동료들이 모두 공항에 나와 아쉬운 얼굴로 나를 배웅해주었다. 그곳에서 짧다면 짧고, 길면 긴 시간 동안 배구 선수로서 배우고 성장하며 값진 경험을 얻었다. 지금 떠올려보아도 일본에서 보낸 시간은 배려와 이해 속에서 넘치는 사랑을 받으며 코트 위를 뛰었던 기억으로 가득하다.

코트 위에서 우리는
같은 꿈을 꾸었다

_ 특별한 올림픽

식탁 위에 차려진 음식들을 내려다보았다. 뜨거운 김이 모락모락 피어오르는 국과 윤기가 흐르는 쌀밥. 정성스럽게 만든 음식들을 가만히 바라보는 순간 울컥 감정이 솟구치면서 눈시울이 붉어졌다. 런던에서 한국으로 돌아온 날이었다.

집으로 돌아와 가장 먼저 나는 엄마에게 김치찌개를 해달라고 부탁했다. 엄마표 김치찌개를 먹으면 그동안 쌓였던 피로가 풀릴 것 같았기 때문이다. 칼칼한 국을 입에 넣고 삼키니 숨이 트이는 기분이

들었다. 말없이 밥을 떠 넣으며 그동안의 일들을 떠올렸다.

'꼭 이기고 싶었는데⋯⋯.'

스스로 위안을 해보아도 마음 한구석에는 아쉬움이 사라지지 않았다. 오래도록 기다려온 올림픽이었다. 이제 결과를 돌이킬 수 없다는 것을 알면서도 복잡한 감정은 쉽사리 사라지지 않았다. 식사를 하는 동안 내 머릿속에는 런던 올림픽 준비를 위해 국가대표 팀에 합류하던 순간부터 마지막 경기를 하던 순간까지, 수많은 장면이 주마등처럼 스쳐갔다.

8년 만에 2012 런던 올림픽 본선 진출을 이룬 후, 우리나라 국가대표 팀이 마음 졸이며 기다린 것은 국제배구연맹(FIVB)이 발표하는 올림픽 조 편성이었다. 어느 나라와 한 조가 되는지에 따라 여러 가지 상황들이 뒤바뀔 터였다. 12개국을 A와 B조로 나눈 결과 우리나라는 세계 1위인 미국과 2위인 브라질, 그리고 중국과 세르비아, 터키와 한조였다. 그야말로 죽음의 조. 예상보다 훨씬 어려운 상황이라 우려 섞인 목소리가 많았다. 처음부터 쉽지 않을 거라는 생각에 마음이 잔뜩 무거워졌다.

'이 상황에서 그나마 좋은 점을 찾는다면 어떤 걸까? 오히려 매도 먼저 맞는 게 나은 건 아닐까? 초반에 체력이 있을 때 강한 상대들을 만나 격파한다면, 그다음은 수월해지는 상황 아닐까?'

나는 현재 상황에서 최대한 가능성을 찾아보자며 마음을 다잡았다. 이미 던져진 주사위 결과를 불평하기보다 우리 팀이 할 수 있는 것을 하자는 생각이었다. 준비를 마친 우리나라 국가대표 여자 배구 팀은 2012년 런던 올림픽으로 가는 비행기에 올랐다.

런던에서 만난 첫 상대 미국은 예상대로 세계 최강의 면모를 보여주었다. 경기가 시작되자 월등한 높이와 힘을 여지없이 드러냈고 우리는 미국에 아쉽게 패하고 말았다. 그러나 우리는 멈추지 않고 연이은 조별 상대들과 접전을 치르며 세르비아와 브라질을 상대로 2승을 거두고 승점 8점으로 8강 진출을 이루었다.

8강 상대는 세계 랭킹 4위인 이탈리아였다. 경기 시간이 다가오자 우리나라 국가대표 팀에는 팽팽한 긴장감이 흘렀다. '이 산을 넘으면 메달이 보인다!' 우리는 서로를 다독이며 의지를 다잡았다. 그토록 꿈꾸던 무대가 눈앞에 열리고 있었다. 우리는 코트 위에서 무엇을 해야 할지 아주 잘 알고 있었다. 경기가 시작되고 나는 준비한 전부를 보여주었다고 해도 좋을 만큼 코트를 누볐다. 경기가 진행될수록 긴장감은 더해갔지만, 팀워크가 더욱 단단해지면서 흐름이 넘어오기 시작했다. 눈앞으로 날아드는 빠른 속공들이 선명하게 잡혔다. 거친 호흡과 순간적으로 움직이는 발의 움직임. 서로의 동작을 확인하는 시선. 코트 위에 모든 것이 원활하게 작동하며 득점을 이어가기 시작했을 때 나는 환호하기 시작했다. 머리로 그린 타이밍에 정확하게 배구공을 강타했다. 내가 날려 보낸 공이 블로킹으로 올라오는 상대 선수들의 손을 지나 바닥으로 내리꽂히는 순간 온몸에 짜릿한 전율이 흘렀다. 손을 들고 소리를 외치며 나는 승리를 확신했다.

이탈리아는 수비가 탄탄한 팀이었다. 만약 강한 팀을 돌파할 방법이 있다면 이 수비를 돌파하는 것이 가장 정확한 방법이었다. 그렇다면 이번 경기만큼은 공격수의 역할이 중요하고, 그 어느 때보다 내가 날카롭고 정확한 공격을 해야 한다는 뜻이기도 했다. 종횡무진 코트 위를 누빈 나는 스파이크로 23득점을 올리며 경기를 이끌었다. 승리를 확정 짓는 순간 우리는 서로를 얼싸 안으며 기쁨에 겨워 소리를 질렀다. 짜릿한 역전승으로 이탈리아를 꺾고 4강에 오른 것이나.

'한국 팀 전체가 좋은 경기를 펼쳤다. 그중에서도 김연경이 돋보였다. 세계 정상급 선수다.'

상대 팀인 이탈리아의 마시모 바르보리니 감독님이 인터뷰를 통해 한 이야기다. 우리는 모두를 놀라게 할 만한 경기를 치러냈고, 그 어느 때보다 자신감이 붙었다. 정말 기적을 이룰지도 모른다는 희망을 갖기 시작한 것이다. 다음 상대는 조별 리그에서 상대한 미국이었다. 세계 최강 팀으로 평가받는 팀이자 조별 리그에 이어 다시 만난 팀이었기 때문에 더욱 긴장되는 상대였다. 국민들의 뜨거운 관심 속에 열린 경기는 우리의 패배였다. 세트 스코어 0-3. 반박할 수 없는 내용이었다. 경기가 끝나는 순간, 나는 아무 말도 할 수 없었다. 경기의 모든 순간이 뒤엉켜 들었고, 한숨처럼 거친 호흡을 내뱉으며 고개를 떨궜다. 내가 할 수 있는 모든 것을 했다고 생각했지만 역부족이었다. 나는 애써 눈물을 삼키며 마음을 다잡았다.

'아직 울면 안 돼. 마지막 경기가 남아 있으니까.'

비록 결승에 가지는 못했지만 동메달 결정전이 남아 있었다. 울더라도 동메달을 목에 걸고 울겠다고 중얼거리며 무거운 발걸음으로 경기장을 나섰다. 야구 선수 요기베라의 말처럼 끝날 때까지 끝난 게 아니었으니까. 아직 해야 할 일이 남아 있었다.

런던 올림픽 여자 배구 동메달 결정전은 런던 얼스 코트(Earls Court)에서 열렸다. 상대는 일본. 양 팀 모두 한 발도 물러날 수 없는 상황이었다. 만약 우리가 승리한다면, 1976년 몬트리올 올림픽 이후 36년 만에 한국 여자 배구가 동메달을 가져오는 기쁨을 누릴 수 있었다. 그러나 경기는 초반부터 어렵게 흘러갔다. 이미 수많은 경기를 치르며 올라오느라 체력적으로 지친 상태였고, 부담감은 배가 되어 있었다. 첫 세트를 빼앗기면서 심리적인 압박은 더해졌고, 간발의 차이로 밀리는 상황이 반복되기 시작했다. 흐름이 밀린다고 느껴지면서 수비에 열을 올렸지만 상황은 쉽게 변하지 않았다. 일본의 정밀한 움직임이 빛을 발하고 있었고, 우리 팀은 이에 흔들리고 있었다. 힘을 내보자고 소리를 치며 이를 악물고 점프를 했지만, 연달아 나머지 세트를 내주며 결국 우리는 경기에서 지고 말았다.

올림픽 결과야 모두가 알겠지만, 그때만 해도 나는 일본을 이길 수 있다고 생각했다. 왜냐하면 일본은 리시브와 수비가 강하지만 선수들의 신장 때문에 블로킹이 높은 팀에는 약하기 때문이었다. 일본 팀에 비해 우리 팀은 신장이 좋고 블로킹이 좋아 강점을 보일 수 있을 거라고 예상했다. 그러나 현실은 뜻대로 되지 않았고, 메달을 가지고 한국으로 돌아가고 싶었던 바람은 이루어지지 않았다. 경기 종료를 알리는 소리와 함께 우리나라 여자 배구 국가대표 팀의 런던 올림픽 여정은 4강에서 끝이 났다.

_ 말하지 않아도 알아요

코트 위를 떠나 라커룸으로 걸어가는 동안 우리는 아무 말도 하지 않았다. 모두가 각자 자리로 가서 라커룸 문을 열고 움직일 때도 마찬가지였다. 기계적인 동작으로 땀에 흠뻑 젖은 유니폼을 벗어두고 뜨거운 물에 샤워를 하고 나왔다. 그리고 정신이 반쯤 나간 사람처럼 의자에 걸터앉아 깊은 숨을 내뱉었다. 올림픽이 완전히 끝났는데도 그 사실이 믿기지 않았다.

'라커룸을 나설 때만 해도 바로 눈앞에 메달이 있었는데……'

일본에서 열린 예선부터 런던으로 날아와 강력한 상대를 이기고 환호하던 순간과 세계 강팀들을 만나 싸우던 순간까지, 여러 장면들이 잘린 영화 필름처럼 순서 없이 머릿속을 맴돌았다. 일본전은 유독 아쉬움이 남는 경기였다. 패배한 이유를 고민해보고, 내가 어떤 역할을 더 했어야 했는지 반성해보다가 울컥 눈시울이 붉어졌다. 가슴 깊은 곳에서 뜨겁게 엉킨 감정들이 덩어리가 되어 솟구치고 있었다.

'더 이상 생각하지 말자. 다 끝났다.'

두 손으로 얼굴을 감싸 쥐며 마른세수를 하던 찰나, 누군가 울음을 터뜨리는 소리가 들렸다. 그리고 그것이 신호라도 된 것처럼 모두가 흐느껴 울기 시작했다. 그 순간만큼은 모두가 같은 심정이었다. 솔직히 너무 속상했다. 한번 흐르기 시작한 눈물은 그칠 줄을 몰랐다.

하나의 목표를 위해 동료들과 온 힘을 다해 싸웠다는 것. 그것은 정말 특별한 경험이다. 누구 하나 메달을 향해 간절하지 않은 사람이 없었고, 서로가 서로의 마음을 유리창 바라보듯 훤히 들여다보고 있었다. 코트 위에서 함께 호흡하며 뛰는 동안 우리는 같은 꿈을 꾸었다. 승부의 세계는 냉혹하고 고단했지만, 우리를 응원해주는 수많은 사람과 동료들 덕분에 특별한 올림픽이 될 수 있었다.

비록 눈앞에서 메달을 놓치고 말았지만 런던 올림픽은 여러모로 뜻깊은 대회였다. 우리 실력으로 4강에 올랐기 때문이기도 하고 무엇보다 앞으로도 할 수 있겠다는 자신감을 얻었기 때문이다.

나에게도 올림픽은 배구 선수를 꿈꾸던 어린 시절부터 막연히 상상해오던 꿈의 무대였다. 그러나 머릿속에 그리던 것과 실제로 무대를 밟고 경험하는 것은 완전히 다른 일이었으며, 세계 최강 팀들과 겨루는 경기마다 가슴 떨리는 순간을 만났다. 이런 무대를 경험하고 나자 올림픽은 운동의 신들만 메달을 가져오는 성지가 아니며, 우리가 해온 대로 열심히 해서 준비를 잘 하면 다시 한번 기회를 노려볼 수도 있겠다는 생각이 들었다. 무엇보다 우리나라 배구가 이전보다 앞으로 나아가고 있으며, 성장하고 있다는 확신을 얻었는데 그것은 메달만큼이나 값진 것이었다.

나는 선수 개인으로서도 2012 런던 올림픽 최우수선수(MVP)를 차지하는 영광을 누렸다. 보통 최우수선수는 우승 국가에서 나오기 마련인데 이례적으로 4위 팀이었던 내가 수상한 것이다. 또 득점 2위 선수와 40점 이상 차이를 내며 207득점을 기록하고 득점왕에 올랐다. 더 이상 올림픽이 꿈의 무대가 아니라 기적을 현실로 만들 수 있는 무대라는 가능성을 증명한 것이다.

그러나 진정한 성장은 칭찬만 잔뜩 받는다고 이루어지는 것이 아니다. 이번 올림픽을 통해 세계 대회로 나가는 우리나라 배구 팀에 부족한 부분도 알게 되었다. 올림픽은 각 나라를 대표하는 선수들이 모여 실력을 겨루는 대회다. 그 선수들은 우열을 가릴 수 없는 최고들이며, 실력에서는 종이 한 장 차이라고 할 수 있다. 배구는 팀 경기기 때문에 올림픽처럼 큰 대회는 체계적인 준비와 시스템이 절실하다. 다른 경기도 아니고 올림픽이지 않은가. 그러나 상황은 내 기대와는 많이 달랐다. 선수들이 예민한 상황이라 부상이 빈번했고 그때마다 즉각적인 대응과 치료가 필요했지만 세밀한 부분들이 미흡했다. 대회를 준비하고 참여하고 경기를 치러나가는 시스템은 체계적이지 못했고, 국제 무대라고 하기에는 선수들 개인이 감당해야 할 것들이 많았다.

나는 잘한 부분은 잘했다고 말해야 하지만, 못한 부분에 대해서는 객관적인 시선으로 짚어내고 고쳐나가야 한다고 생각한다. 런던 올림픽은 한국 배구계에 관심을 끌어올리는 계기가 되었지만, 지켜보는 시선이 많아진 만큼 여러 문제점도 드러냈다. 우리가 이것을 계기로 문제점을 바꾸고, 철저히 준비해나간다면 앞으로는 어떨지 생각해보라. 분명 세계에서도 우리나라 배구를 최강으로 꼽을 날을 만들 수 있을 것이다. 안타깝고 힘들었던 만큼 새로운 미래를 그릴 수 있는 동력을 갖게 된 런던 올림픽은 아직도 나에게 특별한 기억으로 남아 있다.

이유 없이
배구가 좋았다

_ 태몽

거대하고 푸른 용이 보였다. 눈을 비비며 다시 앞을 바라보니
온몸이 반짝이는 비늘로 뒤덮인 진짜 용이었다. 용이 바람을 가르며
하늘을 향해 솟아오르자 주위는 환한 빛으로 가득했다. 넋을 놓고
그 황홀한 광경을 바라보는데 문득 가슴 부근에 무언가가 걸려 있는
것을 알아챘다. 콩처럼 작고 하얀 구슬이 꿰어진 목걸이였다. 자세히
들여다보려고 눈에 힘을 주자 보석처럼 빛을 내던 구슬은 점점
커지면서 크기를 부풀리기 시작했다. 그것은 메달 모양이 될 때까지

커졌고, 어느새 금빛으로 번쩍이는 메달이 되었다.

하늘로 오르는 용과 금메달이라니? 설화에 나올 법한 이 이야기는 태몽이다. 1988년생 용띠로 태어났으니 나와 잘 어울리는 꿈인 것 같다. 배구를 선택한 이후 내가 상을 타거나 우승을 하면 엄마는 자신의 꿈 덕분에 상복이 있는 것 같다며 너스레를 늘어놓는다. 엄마의 태몽 덕분인지는 모르겠으나 프로로 데뷔한 해부터 많은 상을 받았으니 확실히 운은 좋은 것 같다. 그러나 아직 이루지 못한 꿈이 하나 있는데, 그것은 정말 꿈에 나온 것처럼 올림픽에서 메달을 따는 것이다.

메달을 노려볼 수 있는 첫 기회는 아시안게임이었다. 아시안게임은 아시아 국가들을 위한 종합 스포츠 대회로 올림픽처럼 4년마다 개최된다. 2010년 나는 한국 여자 배구 국가대표로 광저우에서 열린 대회에 출전했다. 모든 운동선수들이 공감하겠지만 국가대표로 경기를 나가는 일은 무척이나 영광스러운 일인 동시에 인생의 염원이자 목표다. 유년 시절부터 훈련을 견디며 꿈꾸는 것은 태극기를 가슴에 달고 메달을 목에 거는 순간이기 때문이다. 각 나라를 대표하는 최고의 선수들과 겨루어 실력을 증명하고 나라의 위상을 높이는 것. 이 단순하고 강력한 목표가 메달에 상징적으로 담겨 있다.

광저우 아시안게임에서 한국 여자 배구 팀은 결승까지 올라갔고, 마지막 상대로 중국 팀을 만났다. 경기는 결승답게 시작부터 치열한 접전이 이어졌다. 금메달이 코앞에 있는 상황이었고 세트 스코어가 2대2로 이어지며 그 누구도 한 치 앞을 알 수 없는 상황이었다.

무엇보다 메달 색깔을 바꿀 수 있는 마지막 순간이었다. 5세트에서 우리 팀은 스코어 14대12로 선점하며 앞서나갔다. 그러나 내리 연달아 4점을 실점하면서 역전패를 당하고 말았다. 그야말로 다 된 밥에 재를 뿌린 기분이었다. 역전승은 흥미진진한 드라마처럼 짜릿한 기쁨을 주지만, 역전패는 속에서 천불이 나는 것처럼 화를 불러일으킨다. 마지막 경기를 마치고 나오던 그 순간의 기분은 말로 표현할 수가 없다. 우리는 은메달을 목에 걸고 아쉬운 발길을 돌려야 했다.

_ 메달이 무겁다

광저우 아시안게임이 끝나고 4년 후인 2014년에는 특별한 아시안게임이 열렸다. 우리나라 인천에서 개최된 것이다. 무엇보다 광저우 대회를 생각할 때마다 속이 부글부글 끓어올랐기 때문에 다음 대회를 손꼽아 기다리고 있었다.

"한국에서 열리는 아시안게임에서 금메달을 따지 못하면 나는 평생 후회할 것 같다."

한 인터뷰에서 금메달에 대한 의욕을 숨기지 않고 드러냈다. 아마 이 말을 하고 있는 내 얼굴을 직접 보았다면 눈동자에서 불길이 이글이글 타오르는 것처럼 보였을 것이다. 그 정도로 욕심이 났다. 한국에서 언제 다시 경기가 열릴지 알 수 없었고, 홈그라운드의 이점이 있을 때 꼭 금메달을 목에 걸어보고 싶었다.

그때쯤 나는 이미 한 명의 배구 선수로서 많은 성과를 거두고 있었다. 2013~2014시즌 유럽 배구연맹 대회에서 내가 속해 있던 페네르바체를 우승으로 이끌며 최우수 선수로 꼽혔기 때문이다. 그러나 국가를 대표해서 나가는 경기에서는 한 번도 금메달을 목에 건 적이 없었다. 내가 활동했던 페네르바체에는 각 나라를 대표하는 정상급 선수들이 소속되어 있었는데 그들이 올림픽에서 차지한 메달이 몇 개나 있다는 이야기를 할 때마다 그렇게 부러울 수가 없었다. 경기 시작부터 의욕에 넘쳤던 나는 준비에 박차를 가했다.

사실 그때 터키 정규 리그가 끝난 지 얼마 되지 않은 시점이라 내 몸은 상당히 지친 상태였다. 충분한 휴식을 취하지 않고 관리를 해주지 않아 무릎과 어깨에 미세한 통증이 지속되는 상황이었다. 그러나 경기에 지장을 줄 정도는 아니었고, 무엇보다 완벽하게 준비하고 동료들과 호흡을 맞추어서 이전 아시안게임에서의 경험을 반복하고 싶지 않았다. 무조건 이기고 싶다는 생각과 금메달을 딸 절호의 기회라는 생각만이 머릿속에 가득했다.

준결승에서 만난 일본과의 경기에서 지금까지 준비해온 노력들이 빛을 발하기 시작했다. 안산 상록수체육관에서 열린 경기에서 세트 스코어 3대0으로 승리를 거두며 결승에 진출했다. 경기 초반부터 연달아 득점을 성공시키며 분위기를 이끌었고, 경기를 이끌어가고 있다는 느낌은 세트를 거듭하며 확신으로 변하고 있었다.

우리는 호흡이 척척 맞았고 그 덕에 나는 그 어느 때보다 확실한 득점을 냈다. 이 경기를 마친 뒤 상대 팀 감독님에게 세계 제일의 선수라는 평가를 받을 정도였다. 대책을 마련해도 그 대책을 웃도는 선수라는 설명이었다. 그러나 거기서 만족할 수 없었다. 결승에서 마주할 상대는 중국이었고, 이번에는 지난번과 같은 결과를 반복하지 않겠다고 의지를 불태웠다.

2014년 10월 2일, 결전의 날이었다. 결승에서 만난 중국 팀에도 긴장감이 가득했다. 경기 시작과 함께 공격을 주고받으며 접전이 이어졌다. 첫 세트에서는 막상막하로 이어지던 경기가 두 세트에 접어들자 흐름이 넘어오기 시작했다. 점수 차이가 벌어졌고 연달아 두 세트를 우리가 가져왔다. 세 번째 세트가 되자 중국은 마지막 역전승을 노리듯 바짝 따라붙으며 추격을 했다. 그러나 승리에 쐐기를 박듯이 이어지던 공격은 백어택을 연달아 내리꽂으며 대미를 장식했다. 경기 종료를 알리는 소리가 경기장에 울려 퍼졌다. 한국 여자 배구가 20년 만에 아시아 정상에 서는 순간이었다.

우리 한국 여자 배구는 2014 인천 아시안게임에서 6경기를 모두 승리로 이끌며 1994년 히로시마 대회 이후 가장 높은 곳에 올랐다. 나로서는 생애 첫 금메달이었다. 시상식이 시작되고 함께한 동료들과 금메달을 목에 걸자 온몸에 짜릿한 전율이 흘렀다. 실제로 손에 쥔 금메달은 금빛을 내는 작은 메달일 뿐인데도 그동안의 수고와 노고 등 많은 것이 담겨 있어 너무나 무겁게 느껴졌다.

팀에는 나보다 언니인 선수들이 세 명이나 있었다. 언니들은 경험으로 팀을 이끌어주었고, 동생들은 의욕적으로 따라가며 힘을 보탰다. 한 배를 타고 나아가며 척척 손발을 맞추어 노를 젓는 기분. 팀워크라는 것은 그런 것이었다. 경기 흐름은 물살과도 같아서 거스르는 순간 방향이 뒤틀리고 승리에서 멀어진다. 물살에 맞서지 못하고 지체하면, 배는 뒤처지고 상대는 앞서 나아간다.

인천 아시안게임에서는 시작부터 우리가 한 호흡이라는 것이 느껴졌다. 모두가 기대를 담아 애타게 기다려온 덕분이었다. 대회 팀이 꾸려지는 순간부터 이미 준비를 해왔다는 느낌이 들 정도였으니까. 우리는 기회를 놓치면 안 된다고 생각했고, 우리 팀이 탄 배는 순풍을 타고 승리를 향해 나아갔다. 금메달에는 그 모든 여정이 담겨 있었다.

인천 아시안게임이 끝나고 나는 새로운 목표가 생겼다. 아시아에서 다른 나라들을 물리치고 정상에 올랐는데 올림픽이라고 도전하지 못할 이유는 없었다. 할 수 있다는 것을 생각하는 것과 직접 경험하는 것은 다른 일이다. 그런데 메달을 목에 걸자 자신감이 생겼다.

'우리는 할 수 있다. 우리가 마음먹고 준비한다면 못할 것도 없다.'

우리나라 국가대표 팀이 지금보다 더 체계적으로 준비하고 시스템을 정비한다면 올림픽에서도 메달을 노릴 수 있다는 생각이 들었다.

사실 좋은 성적을 낸다는 것은 선수로서 부담이 되는 일이기도 하다. 왜냐하면 한번 좋은 성적을 내면 다음에는 당연히 더 좋은 성적을 내야 한다는 분위기가 만들어지기 때문이다. 그러나 아무리 실력이 좋다고 하더라도 세계 대회에는 세계 최고의 선수들이 모인다. 한시라도 방심하거나 흐름에 밀리는 순간 경기는 패배로 이어진다. 예선부터 치열함의 연속이며 부상이나 체력적으로 모든 관리를 잘 해나가지 않으면 경기력이 망가질 수도 있고, 전략이 어긋나서 틈이 생길 수도 있다. 작은 요소 하나하나가 실패로 이어질 수 있는 것이다.

무엇보다 어느 대회든 새로 시작되면 누구 하나 예외 없이 예선부터 차근차근 올라가야 한다. 지난 대회에서 금메달을 가져왔다고 해서 준결승부터 시작하는 것이 아니다. 게다가 당연한 것이겠지만 지난 4년 동안 준비를 게을리하거나 선수로서 기량이 떨어지면 같은 성적을 내는 것은 훨씬 어려워진다. 마치 어느 기간 공부를 열심히 해두었다고 해서 매년 열리는 시험을 매번 잘 볼 수는 없는 것처럼 말이다. 스포츠의 세계에서 확실한 승리라는 것은 없다.

_ 갑자기 찾아온 불청객

메달을 목에 걸고 나는 다시 터키로 돌아갔다. 기나긴 비행 끝에 도착한 터키에는 제법 익숙해진 사람들이 기다리고 있었다. 터키 리그 시즌은 다시 시작되었고, 적응을 끝낸 일상생활도 다시 시작이었다. 아무도 없는 집에서 눈을 뜨고, 나와 생김새가 다르고 다른 언어를 쓰는 사람들과 함께했다. 매일 이어지는 훈련은 그 어느 때처럼 힘들었다.

집에 돌아오면 외로움이 찾아왔고 한국 예능을 틀어두어도 마음 한구석의 허전함은 가시지 않았다. 그때 즈음이었던 것 같다. 나에게 불청객이 찾아온 것이. 슬럼프였다.

'내가 이렇게 고생하는 이유가 뭐지?'

'내가 이걸 해서 뭐하지?'

이런 생각이 생겨난 특별한 계기나 이유는 없었다. 차라리 이유가 있었다면 그걸 해결하는 순간 사라졌겠지만, 아무 이유가 없으니 미칠 노릇이었다. 한번 시작된 질문은 머릿속에서 무한 반복되며 기운을 뺐다. 무작정 한국으로 다시 돌아가 가족들 곁에 있고 싶어지기도 했다. 몸을 만들기 위한 강도 높은 훈련을 할 때면 이를 악물어도 버티기 힘든데, 왜 하는지 모르겠다는 생각이 들자 점점 견디기 어려웠다. '우선 버티자, 우선 해내고 보자'라고 말하며 스스로를 다독이는 것도 한계가 있었다. 내가 선택한 길이고, 내가 좋아서 온 터키였지만 그 모든 생각 끝에 '내가 여기서 혼자 뭐하고 있지?' 하는 자괴감이 끈질기게 따라붙으며 나를 괴롭혔다.

지금 돌이켜 생각해보면 그토록 갖고 싶었던 금메달을 손에 넣고 나자 나를 이끌고 있던 강력한 목표가 사라져서 그랬던 것 같다. 게다가 그런 때일수록 슬럼프를 해결할 방법은 찾지 못하고, 슬럼프를 지속시킬 만한 이야기들은 잘 들렸다. 평소에는 별로 신경 쓰지 않던 소리에까지 자꾸만 귀를 기울이게 되었다.

누구나 그렇겠지만 응원을 해주는 사람이 있으면 비판을 하는 사람도 있다. 나 또한 터키 리그에서 활동을 하고, 배구 선수로서 수많은 과정을 겪는 동안 늘 좋은 말만 들었던 것은 아니다. 내가 돈을 밝힌다거나 한국 팀에서 해외로 이적했기 때문에 의리가 없다는 말도 들었다. 내가 왜 이런 고생을 하는지에 대해 고민하기 시작하자 그동안 신경 쓰지 않았던 부정적인 생각들까지 꼬리를 물고 이어졌다.

'돈 때문에 내가 여기까지 와 있었나?'

평소 미래지향적이고 긍정적인 소신 하나로 질주하던 나였다. 그런데 처음 찾아온 불청객 슬럼프는 나를 괴롭히며 떠날 생각을 하지 않았다. 경기에 들어가도 이를 악물고 득점을 해야 할 이유를 알려주지 않았고, 최대한 점프를 할 수 있는 힘을 주지 않았다. 이전에는 잘 보이던 길들이 짙은 안개로 뒤덮여 나를 에워싸는 듯했다. 동료들과 웃고 떠들며 활기차게 지내던 나는 혼자 있는 시간이면 깊은 고민에 빠져들었다. 그러나 아무리 고민을 거듭해도 그럴싸한 답은 보이지 않았다. 적막한 집에서 혼자 우울하게 있으려니 상황은 더 악화되는 것 같았다. 나는 답답한 마음에 휴대폰을 들어 언니에게 전화를 걸었다. 머릿속에 반복되는 질문을 털어놓자 언니는 가만히 이야기를 들어주다가 이런 말을 했다.

"내가 옆에서 본 너는 배구를 할 때 제일 행복해 하던데?"

가장 가까운 가족들 눈에도 나는 정말 그저 배구가 좋아서 지금까지 손에 배구공을 잡고 있는 사람이었던 것이다. 어릴 때부터 배구가 하고 싶어 엄마를 따라다니며 졸랐던 나. 지금도 그 이상도 이하도 아닌, 배구가 좋아서 하고 있는 내 모습을 가족들은 지켜보고 응원하고 있었던 것이다. 언니의 말을 듣고 나자 안개가 확 걷히며 시야가 맑아지는 기분이 들었다.

나는 길 한가운데 서 있었다. 큰언니가 배구를 하는 모습을 바라보던 나부터 더 넓은 세계에서 활동하고 싶어 터키까지 날아온 나까지 이어진 길이었다. 물론 나는 노력한 대가와 실력에 맞는 대우, 그리고 최고의 리그와 국가대표로서의 메달을 원했다. 그러나 그 중심에는 배구가 미치도록 좋고, 계속 하고 싶고, 앞으로도 배구에 관련한 일을 하며 살아가고 싶은 마음이 있었다. 이 모든 것은 그 마음 하나로 시작된 일들이었다. 곁가지에 얽혀 발이 꼬이고 잠시 길을 잃더라도 그 마음 하나를 따라서 여기까지 걸어온 길들이 사라지거나 없어지는 것은 아니었다. 번쩍 정신이 일었다. 내 마음을 확실하게 알고 나자 슬럼프가 없어진 것이다.

'오늘도 코트 위에서 점프를 하고 싶고, 내일도 배구공을 잡고 싶다.'

그 외에 일들은 부가 사항일 뿐이라는 것을 나는 깨닫게 되었다.

아마 사람들은 이를 두고 별거 없는 슬럼프였다고 생각할지도 모르겠다. 그러나 내가 겪어보니 슬럼프라는 것이 그런 것 같다. 모두가 인정할 만한 힘든 일이나 안 좋은 일들은 오히려 극복 의지가 있으면 돌파해갈 수 있다. 그러나 슬럼프는 그런 것이 아니기 때문에 극복하기 어렵고 무력해지기 쉽다. 슬럼프는 마음의 문제다. 꿈을 이루기 위해 어린 날부터 질주했던 나의 경우에는 연봉이나 금메달처럼 눈에 보이는 목표들이 이루어지자 오히려 헷갈리고 말았다. 이걸 이루었다면 꿈을 다 이룬 것이니까 이제 이 힘든 훈련과 일상을 버티는 것은 의미가 없는 게 아닐까 하고 말이다. 그러나 나는 순서를 잘못 알고 있었다.

배구가 좋아서 선수가 되고 싶었고, 배구가 좋아서 배구 선수가 되어 금메달을 갖고 싶었다. 눈에 보이는 모든 목표의 앞에는 배구를 좋아한다는 순수한 열정이 있었다. 이유 없이 배구가 좋았다. 지금도 마찬가지다. 내면 깊은 곳에 단단한 토양처럼 자리 잡은 마음을 확인하고 나자 나는 다시 그 땅 위를 달릴 수 있는 힘을 얻은 것이다.

슬럼프에는 이유가 없다. 그래서 내가 이 길을 선택하고 사랑한 이유 없는 마음으로만 극복할 수 있다. 돈 때문에 시작했거나 어쩔 수 없는 조건 때문에 하는 일은 어려움이 생겼을 때 금방 포기하게 된다. 어떤 분야든 얼마나 커다란 위기인지가 중요한 것이 아니라, 위기를 극복하는 마음 그 자체가 중요하다. 그리고 이 마음은 단지 떨리고 신나는 기분만으로 이루어지지 않는다. 외롭고 힘든 순간에도 묵묵히 혼자 나아가겠다는 각오를 할 수 있는 마음인지 스스로 돌아보고 확인해보아야 한다. 만약 자신이 가는 길이 도와줄 사람이 아무도 없는 고단한 길이라도 걸어가는 것만으로 내 인생에 의미가 있는 것이라면 아무리 깊은 슬럼프가 찾아와도 잠시 지나치는 손님이 될 것이다.

걸 크러시의 핵심은
실력이다

_ 'Crush on'이 아니고 'Crush'

몇 년 전부터 나는 팬들에게 걸 크러시(Girl Crush)의 대명사로 꼽혔다. 걸 크러시는 소녀라는 뜻의 'Girl'과 반하다는 뜻의 'Crush On'을 합성한 말이다. 사전을 찾아보니 걸 크러시의 대상이 되는 사람은 외모와 패션 감각, 그리고 센스와 지성 등을 갖추고 있어 사회적으로 성공하여 일반 여성들의 롤 모델이 된다고 한다. 그러나 나의 경우에는 팬들이 좋아해주는 이유가 외모와 패션이 아니라, 배구에 대한 열정과 실력 때문이라는 것을 알고 있다.

최근 들어 페미니즘에 대한 관심이 뜨거워지면서 나 또한 질문을 받을 기회가 있었다. 한 명의 여성으로서 한국의 여성들에게 하고 싶은 말이 있느냐는 것이었다. 사실 나는 여성으로서 어떻게 해야 한다는 생각을 가져본 적은 없다. 내가 하고 싶은 일이 있다면 특별한 이유 없이도 할 수 있다고 생각하고 행동했지 '여성으로서'라는 조건 때문에 고민해본 적은 없었기 때문이다. 나는 당연히 여성에게 자신의 의지대로 선택하고 행동할 수 있는 힘이 있다고 생각한다. 그러므로 꿈꾸는 것은 무엇이든 해야 하고, 할 수 있다는 믿음이 있다.

2007년에 내가 한 인터뷰를 다시 본 적이 있다. 그때 나는 갓 스물이었는데 배구에 관해서 만큼은 실력으로 인정받으려는 의지가 강했다. 내가 프로로 첫발을 디딘 흥국생명 여자 프로배구팀은 핑크스파이더라는 별칭을 가지고 있었는데, 연일 화제를 몰고 다녔다. 그런데 기사가 나오면 뛰어난 실력만큼 빼어난 미모를 자랑한다는 내용이 대부분이었다. 물론 비난이나 비판이 아니라 칭찬이었으니 감사한 마음이다. 그러나 인터뷰를 하다 보면 빠지지 않고 미모에 대한 이야기가 나왔다. 그때 나는 기자의 질문에 이런 답변을 했다.

"기자분들이 선수의 미모에 대한 집착이 너무 심하신 것 같아요. 여자 배구를 소개하는 기사에 대부분 '미녀 군단' '미녀 3인방' '미녀들의 대결' 등 '미녀'란 단어가 빠지지 않고 등장해요. 남자 배구에선 '미남 대결'이란 말이 없잖아요. 왜 여자 배구만 유독 그런 단어를 써야 하는 거죠? 선수들 모두 먼저 배구 실력으로 인정받고 싶을 거예요. 저 또한 마찬가지고요."

지금도 그렇지만 나는 페미니즘을 잘 알지 못한다. 그러나 어떤 상황에서도 올바른 방향에 대한 나름의 주관이 있다. 특히 배구에 관해서는 다른 부분에 관심이 집중되면 거침없이 의견을 피력한다.

모든 분야가 그렇지만 배구 또한 얼굴로 하는 것이 아니다. 물론 외적인 부분이 팬들에게 관심과 사랑을 받는 요소 중 하나가 된다는 것은 알고 있다. 그러나 팬들의 흥미 요소인 것이지 언론의 평가 요소가 되어서는 안 된다고 생각한다. 배구에 대한 진지한 자세와 객관적인 평가가 지켜지지 않으면, 그 무엇도 오래 살아 발전할 수 없기 때문이다. 만약 언론에서 핑크 스파이더로 불리던 우리 팀을 가리켜 미녀 선수들이라는 점만 부각시킨다면, 나중에 실수를 하거나 패배를 했을 때도 배구 요소에서 원인을 찾지 않고 외모나 분위기 같은 엔터테이너 요소만 언급하며 비판적인 여론이 생길 것이 뻔했다. 실제로 핑크 스파이더스로 활동하는 동안 모두 한번쯤은 '너희는 얼굴로 배구 하냐?'라거나 '겉멋만 부린다'는 비난을 들은 기억이 있다.

어떤 선수든지 실력에는 기복이 있으며, 생애 모든 경기에서 승리할 수는 없다. 그러나 남자 배구가 못해서 욕을 먹는 경우 멋 부리느라 실력이 떨어졌다고 비난하는 경우는 보지 못했다. 그때 우리 팀은 이를 악물고 연습을 거듭했고, 그해 선두로 올라서면서 반전을 거듭했다. 그러나 우승을 차지하고 실력에 집중해주었으면 하는 나의 바람은 완전히 이루어지지 않았다. 이런 기사들이 쏟아졌으니 말이다.

'흥국생명 배구, 얼굴만 예쁘다던 거미들 독을 뿜다.'

'미녀 군단' 흥국생명, 이제는 실력도 최고.

'흥국생명 7공주, 강한 것이 아름답다.'

미녀 군단이라는 틀이 지속되다 보니 비난과 마찬가지로 칭찬도 미녀 소리가 빠지지 않았다. 독을 품은 예쁜 거미로 거듭났다는 소리를 들으니 기뻐해야 할지 슬퍼해야 할지 몰라 난감할 따름이었다.

내가 바란 것은 특별 우대가 아니다. 남자 배구처럼 배구 그 자체에 대한 객관적인 시선을 가지고 접근해주길 바란다. 미녀 세터가 아니라 강력한 세터라든지, 미녀 대결이 아니라 라이벌 대결이라는 말처럼 배구를 배구로서 바라볼 수 있도록 말이다. 결국 이런 시선을 이끌어내기 위해서는 절대적인 실력이 필요하다는 생각이 들었다. 성별을 뛰어넘어 누구나 인정할 수밖에 없는, 그 어떤 요소도 부가적으로 보일 수밖에 없는 절대적인 실력. 코트 위에서 그런 모습을 보인다면 더 이상 다른 요소는 언급할 필요도 없을 터였다.

'성별과 나이, 그리고 국적이나 외모 모든 것을 압도하는 절대적인 실력을 보여주자.'

나는 어쩌면 단순하고 무식해 보일 정도로 당찬 포부를 품었다. 그리고 이런 마음들이 지금 여기까지 올 수 있었던 동력이 되었으니 아무래도 나는 반하다는 의미의 'Crush on'보다 으스러뜨리겠다는 의미의 'Crush'에 더 가까운 모양이다.

올해 서른이 되면서 결혼을 하는 친구들이 늘어났고, 결혼에 대한 질문도 늘어났다. 내가 속해 있던 페네르바체 구단의 아지즈 일디림 회장님도 나를 만날 때마다 결혼에 대한 이런 저런 이야기를 하셨다. 하루는 페네르바체가 새로운 스폰서 계약을 맺는 날이었다. 이탈리아 파스타 생산 기업인 바리야와 계약을 맺었는데, 구단 입장에서는 든든한 스폰서가 생기는 것으로 무척 기쁜 날이었다. 계약을 축하하기 위해 여자 배구 팀은 행사에 참석했다. 이 행사에서 아지즈 회장님은 나를 보시더니 아직 결혼은 하지 않았냐고 물었다. 내가 결혼은 뒤로 미루고 있다고 대답하자 나에게 약속 하나를 하겠다고 했다. 내용인즉 페네르바체와 맨체스터 유나이티드의 유로파리그 축구 경기에서 나의 남자 친구를 공개 모집하겠다는 것이었다. 나는 회장님의 농담에 웃음을 터뜨리며 원하는 조건이 있다고 덧붙였다.

"조건이 있어요. 키가 큰 남자를 먼저 찾아야 해요."

이상형을 요구하자 주변에서 대화를 듣고 있던 사람들이 일제히 웃음을 터뜨렸다.

페네르바체의 아지즈 회장님은 이런 제안을 한 적도 있다. 내가 결혼식을 올린다면 축구 팀의 스타디움을 사용하라는 것이었다. 게다가 결혼 준비도 팀에서 도맡아서 해주겠다고 했다. 아직 결혼 계획이 없다고 대답했지만 나중이라도 계획이 생기면 이야기해달라고 했으니 정말 터키에 있는 스타디움에서 결혼식을 올릴지도 모를 일이다.

터키에서도 관심이 많은데 한국이라면 더욱 결혼에 관심이 많다는 것을 알고 있다. 그러나 딱히 신경 쓰고 싶지는 않다. 솔직히 말하면 결혼을 언제 할 거냐는 말을 들을 때면 억울함이 느껴질 때도 있다. 나는 최대한 오랫동안 현역으로 활동하고 싶다. 그런데 선수일 때에는 배구에 집중하고 싶기 때문에 결혼을 하고 싶지는 않다. 그렇다면 결혼을 한다면 은퇴 후가 될 텐데 적어도 서른 중반은 넘긴 후가 될 것이다. 은퇴를 하고 바로 결혼이라. 선수로서의 긴장감을 내려놓자마자 쉴 겨를도 없이 가정을 꾸리고 부모로서 책임을 가지고 아이를 키워야 한다고 생각하니 상상만으로도 힘이 들어서 그간의 고생이 억울하게 느껴질 정도다.

나는 배구를 사랑하며 배구가 내 인생의 전부라 해도 과언이 아니다. 하지만 최고의 실력을 유지하기 위해서는 상투적인 말이지만 피나는 노력이 필요하다. 휴식기에 작은 일탈이나 음주를 즐기기도 하지만 어쨌든 몸을 다시 만들고 유지해야 한다는 긴장감은 사라지지 않는다. 지금까지 살아온 모든 날 동안 나는 철저하게 몸을 관리해왔고, 감각을 유지하기 위해 최선을 다해왔다. 내가 배구에서 할 수 있는 역할을 다하고 은퇴를 하는 날이 온다면, 그동안 꿈을 이루기 위해 최선을 다해준 나 자신에게 또 다른 책임이 아니라 자유를 주고 싶다. 가고 싶은 곳에 가고, 하고 싶은 일을 하고, 먹고 싶은 것을 먹으며, 하고 싶은 대로 시간을 보낼 자유 말이다.

내가 배구 선수로서 할 일을 마치고 나로서 살아가다 보면 자연스럽게 사랑하는 사람을 만날 수 있을 거라 생각한다. 그리고 마음이 움직인다면 결혼도 생각해볼 수 있을 것이다. 그러나 그럴 나이라고 해서 결혼을 생각하는 것은 이상한 일이다. 한국에서 많은 사람이 생각하는 '결혼할 나이'는 평균일 뿐이지 내 인생에 정해진 마감기한이 아니다. 나는 혼자 살고 싶을 때까지 혼자 살 것이고, 사랑하는 사람이 생기면 사랑할 것이고, 가정을 꾸리고 싶으면 가정을 이룰 것이다. 정해진 것은 없다. 내 인생을 결정하는 것은 오직 나만이 할 수 있다.

보통 자식을 걱정하는 부모님은 의견이 다를 수도 있지만, 다행히 엄마는 나와 생각이 같다. 엄마는 자신을 스스로 건사할 능력만 있으면, 가고 싶은 곳에 가서 하고 싶은 것을 하면서 살라고 말한다.

"우리 딸이 행복한 대로 살았으면 좋겠다."

내가 무엇을 하고 어떤 선택을 하든지 늘 곁에서 응원해주는 나의 엄마는 배구뿐 아니라 내 인생 자체를 존중해준다. 그 덕분에 나는 늘 고민 없이 내 마음이 가장 뜨거워지는 곳을 향해 주저 없이 달려갈 수 있다.

_ 자신에 대한 확신

나는 걸 크러시의 핵심이 실력이라고 생각한다. 그래서 조언을 해달라고 하면 자신이 하는 일에서 실력을 쌓으라고 말한다. 꿈을 향해 가는 과정에서는 여러 가지 장애물이나 선입견에 부딪힐 수 있다. 예를 들어 여자라서 안 되고, 여자라서 못 할 거라는 편견들 말이다. 그러나 그럼에도 장애물을 뛰어넘고 성과를 내기 시작하면 오히려 그 편견들은 그동안의 여정을 더욱 빛나게 해주는 효과를 발휘한다.

비단 걸 크러시만이 아니다. 나는 무엇이든 돌려 말하지 않고 직접적으로 표현한다고 사람들에게 알려졌는데, 실제로 해야 할 말은 먼저 나서서 해야 한다고 생각한다. 그러나 이건 여자이기 때문이 아니라 배구를 위해서 내가 나서야 할 때는 앞장서야 한다는 책임감이 있기 때문이다. 사실 한국에서는 조용히 있으면 중간이라도 간다는 말을 들으며 자란다. 우리는 분쟁을 야기하는 것보다 전통적인 규칙을 따르며 무탈하게 지내는 것이 미덕이라고 여기는 면이 있다. 그러나 그것이 지속적으로 문제를 만드는 경우라면, 더 이상 방관해서는 안 된다. 문제를 알면서도 침묵하는 것은 그로 인해 피해를 입는 사람들을 방관하는 것이다. 그러므로 이에 대한 목소리를 내고 의견을 제시하고 대화를 시도해야 한다.

이제 도리나 예의를 방패 삼아 가만히 상황을 받아들이는 시대는 지났다. 얼마든지 효율적이고 새로운 방법들이 존재하고, 이런 발전된 방향으로 변화해 나가기에도 바쁜 세상이다. 물론 먼저 목소리를 내는 것이 아직까지는 우리 사회에서 부담스럽고 위험한 일이라는 것도 알고 있다. 그러나 막상 목소리를 냈을 때 그 의견이 올바른 방향이라면 동조하는 목소리들이 이어진다. 그렇게 의견이 모아지고 그것을 합리적인 방법으로 바꿔나가게 된다면 낡은 규칙이나 구식의 틀에서 벗어나 모두에게 이로운 환경을 만들어나갈 수 있다.

두려워 말고 목소리를 내야 한다. 그리고 자신이 하고 있는 일에 항상 최선을 다해야 한다. 목소리를 내는 힘은 늘 자신이 최선을 다해 이 길을 걸어왔다는 확신에서 비롯된다. 부정적인 생각만 가지고 과거에 머무르기에는 눈앞에 새롭게 놓인 가능성들이 아깝다. 인생을 살다 보면 이런저런 일들에 부딪힐 수 있고, 실수를 할 수도 있고, 잘못을 할 수도 있다. 그러나 그것으로부터 회피하거나 머무르지 않고, 마주하고 바꾸려 노력한다면 다른 길을 열어준다. 나는 내가 걸크러시로 여겨지며 여성들의 롤 모델이 된 것이 자랑스럽다. 그건 한 여성으로서뿐만이 아니라, 이상을 가지고 실현해가는 한 사람으로서도 틀린 길을 걷지 않았다는 응원으로 들리기 때문이다.

내 본업은
배구 선수

_ 언제 또 오시려나

　신인이었을 때 관중들이 없는 썰렁한 경기장이 싫었다. 사람들의
관심을 받지 못하는 경기를 한다는 것은 다른 의미로 외로운
일이었으니까. 그런데 최근에는 관중이 늘어나고, 열기도 몇 배로
뜨거워졌다. 관중이 많아지는 것은 정말 반가운 일이다. 나도 몇 년
전과는 생활이 많이 변했다. 자세히 말하면 내 생활은 그대로인데 이제
터키는 물론이고 한국에서도 알아보는 사람들이 많아졌고, 외출을 할
때도 사인이나 사진을 요청하는 사람들이 부쩍 늘어났다. 어찌 보면

나는 단지 내가 좋아하는 일을 선택해서 열심히 하는 것뿐인데, 이 사실 하나만으로도 나를 응원해준다는 것이 놀랍고도 감사하다.

운동선수이기 전에 사람이기 때문에 나에게도 힘든 날이 있다. 통증 부위가 심해질 때도 있고, 경기가 뜻대로 풀리지 않을 때도 있고, 안 좋은 평가를 들을 때도 있다. 하루 종일 온 힘을 경기장에 쏟아붓고 지친 몸으로 돌아와 냉소적인 기사를 발견하는 기분은 이루 말할 수 없다. 특히 터키에는 눈을 마주 보며 마음을 털어놓을 가족도 없기 때문에 괴로움은 배가 된다. 이럴 때 나에게 가장 위로가 되는 존재는 팬들이다.

나는 기운을 내려고 일부러 팬카페에 들어가 응원의 말을 찾아볼 때가 있다. 그곳에는 악평이 담긴 기사와는 반대로 무작정 내 편에 서서 옹호해주는 이야기들이 있다. 예를 들어 사실 경기에서 내가 실수한 동작이 맞는데도 내 편을 들어주기도 한다. 댓글을 통해 전적으로 내 입장에서 이야기하는 내용들을 보면 웃음이 나기도 한다. '사실 내 잘못이 맞는데…' 하면서도, 알면서도 내 편을 들어주고 모르면서도 내 편을 들어주는 든든한 지원군이 있다는 사실에 힘이 나는 것이다. 팬들의 아름다운 포장(?)을 볼 때면 지쳐 있다가도 아이처럼 금세 미소를 짓게 된다. 그래서 나도 종종 카페에 글을 올려 마음을 전한다. 요즘에는 이렇게 지내고 있다고. 앞으로 더 열심히 해서 좋은 모습을 보여드리겠다고 말이다.

SNS도 꾸준히 관리하는 편이다. 주로 인스타그램을 하는데 팔로우가 늘어나는 것을 보면 신기하다. 인스타그램에는 늘 관심을 가져주고 지켜봐주는 팬들을 위해 일상을 올리거나 경기 소식과 결과를 올린다. 또 중요한 일이 있을 때는 직접 글을 써서 소통하며 마음을 주고받으려 노력한다. 그런데 나를 지지해주는 팬들을 신경 쓰는 사람은 나뿐만이 아니다. 내가 페네르바체에서 활동할 때 팬들이 단체로 와서 경기를 직관하고 응원할 때가 있다. 특히 생일날에 케이크를 준비해 촛불을 켜고 축하해주는데 그렇게 기쁠 수가 없다. 우리 팬분들이 맛있는 것을 들고 오셔서 같이 나누어 먹으며 화기애애한 대화를 나누다 가면 팀 동료들이 나에게 꼭 묻는다.

"연경, 팬들은 돌아갔어? 이만큼 왔었잖아."

"한국으로 갔지."

"그래? 그럼 다음에 언제 또 와?"

동료들의 눈에도 응원을 오는 팬들의 모습이 좋아 보였던 모양이다. 안 좋은 점이라면, 팬들이 왔다가 돌아가면 급격하게 허전해진다는 것이다. 올 때는 무척이나 반갑고 신이 나는데 그 시간이 지나면 반작용처럼 외로워지는 것은 어쩔 수 없는 일인 것 같다. 그러면 나도 동료들처럼 중얼거리며 기다리게 된다.

"다음에는 언제 오시려나?"

_ 내가 줄 수 있는 선물

올림픽 이후 나는 많은 분에게 알려져서 방송을 할 기회가 많아졌다. 배구에 대한 관심이 늘어나고, 나를 응원해주는 지원군이 생긴다는 것은 정말 감사한 일이다. 그래서 나는 내가 운이 참 좋다고 생각한다. 하고 싶은 일을 하면서 세계 무대까지 갈 수 있었고, 또 여러 사람의 사랑을 받았으니 말이다. 게다가 방송에 출연해 재미있는 시간들을 보내기도 하고, 광고를 찍거나 내 이름을 건 유소년 배구 경기를 열기까지 했다. 예전에는 전혀 생각하지 못한 일들이다.

터키 리그에서 치열하게 경기를 하다가 한국으로 돌아오면 거의 녹초가 된 상태지만, 고군분투하는 나에게 멀리서도 한결같은 응원과 사랑을 보내주는 마음에 보답하기 위해 기회가 있을 때마다 활동을 해왔다. 그러나 바쁜 일정을 보내고 정신없이 살아가면서도 잊지 않으려고 매일 떠올리는 것이 있다. 바로 나의 본업이다.

나는 배구 선수다. 방송인이 아닌 배구 선수. 이 사실을 떠올리면 들떠 있던 마음에도 다시 긴장감이 서린다. 경기에 맞추어 몸이 준비되었는지, 감각을 잘 유지하고 있는지, 다음 리그 준비에는 차질이 없는지, 다시 초점을 맞출 수 있다. 재미있고 즐거운 경험도 좋고 고마운 마음도 가득하지만, 결국 내 할 일을 제대로 해냈을 때만이 모든 것에 가치가 있다고 생각한다. 많은 사람의 관심과 사랑이 내가 한평생 배구에 쏟은 열정과 노력, 그리고 그 과정에서 땀 흘려온 배구 선수 김연경에게 주는 것이라는 걸 알고 있기 때문이다. 나의 본질은 배구 선수이고 그것을 소홀이 한다면 사랑받을 자격도 사라지는 것이라 생각한다.

내 본업을 위해서 해야 할 일은 사실 마냥 즐겁고 신나는 일이 아니다. 내가 수년 동안 반복해온 지지부진한 일들이라고 할 수도 있겠다. 체력을 만들고 감각을 유지하는 일. 그 기본 바탕 위에 기술을 더하고 연륜과 경험을 더해 날카로운 공격을 만들고 짜릿한 득점으로 연결하는 일. 그러나 그 일이 진정한 의미의 나, 배구 선수 김연경을 만들어주기에 게을리 하지 않으려고 매 순간 마음을 다잡는다.

많은 사람이 세계 최고의 연봉을 받는 것이 어떤 기분인지, 인기가 많아져서 방송에 나오는 것은 어떤 기분인지, 혹은 세계 최고 팀에서 활약하는 특별한 순간에 대해 궁금해한다. 그러나 나는 감정의 폭을 크게 두지 않으려고 마음을 조절해왔다. 일희일비하지 말자고 다짐해왔고, 그것이 오랜 시간 내가 기복 없이 실력을 유지할 수 있는 비결이 되었다. 그리고 본업에 대한 무게중심이 아직까지는 잘 유지되고 있는 것 같다.

소통도 중요하고 방송에서 여러 모습을 보여주는 것도 보답이라고 생각한다. 그러나 나의 본업을 잊지 않는 것. 그것이 내가 팬들에게 줄 수 있는 최고의 선물이라는 것을 안다. 그리고 내가 배구 코트 위에 있는 나 자신을 가장 사랑하는 이유이기도 하다.

_ 진정한 배구인이 된다는 것

유년 시절을 함께 해온 친구 은희가 있다. 은희는 내가 키가 작았을 때 고민을 함께 나누던 친구다. 초등학교부터 고등학교까지 함께 숙소생활을 했으니 세어보진 않았지만 유년 시절에는 가족보다 더 많은 시간을 함께했을지 모른다. 은희는 고등학교를 졸업하고 대학에 진학해 교사가 되기 위한 공부를 했다. 그러나 몇 년 동안 임용시험에 합격하지 못해 힘든 시간을 보냈다. 나는 은희가 하루빨리 합격해서 멋진 교사가 되기만을 바라며 응원했다. 하루는 임용시험 결과 발표가 난 날이었다. 시험에 합격하지 못했다는 소식을 듣고 나는 맛있는 것을 사주겠다고 은희를 불러냈다. 우리는 평소처럼 수다를 떨며 맛있는 음식을 잔뜩 먹었고, 늘 그래왔듯이 이런저런 이야기를 하며 집으로 돌아오는 길이었다. 집에 도착하기 전 나는 은희에게 조심스럽게 말을 꺼냈다. 시험에 대한 이야기였다.

"그동안 준비한 시험이 끝났잖아."

은희가 귀를 기울였다. 나는 은희의 얼굴을 바라보며 말을 이었다.

"네가 진짜 아무 후회도 안 남을 정도로 최선을 다했는지 한번 돌아봐."

은희는 진지한 얼굴로 고개를 끄덕였다. 나는 말을 하면서도 아무래도 시험에 떨어져 상심하고 있는 친구에게 상처를 주는 것은 아닌지 내심 걱정되었다. 그러나 한편으로는 내가 어릴 때부터 보아온 은희라면 내 말에 담긴 진심을 알아줄 거라 생각했다.

"나는 경기가 끝나면 매 순간 돌아봐. 경기에서 내가 정말 최선을 다했는지. 문제가 있었다면 이유가 무엇인지. 다음 시합에서는 어떻게 해야 할지."

사실이었다. 프로 선수가 되고서는 경기가 끝나면 늘 경기 내용을 다시 상기하며 복습했다. 경기 중에 경험한 여러 상황을 골라내고 관찰하고 곱씹는 것이다. 그 상황이 득점과 연결된 좋은 상황이라면, 어떤 식으로 흐름이 만들어지면서 기회가 생겼는지 상기해보았다. 반대로 그 상황이 실수를 하거나 실점을 한 경우라면 어떤 이유로 그랬는지 돌이켜보았다. 무엇보다 경기가 끝나면 내가 정말 그 순간에 할 수 있는 모든 것을 다했는지 돌아보았다. 만약 조금이라도 아쉬움이 남는다면 승리를 해도 내가 만족하는 경기는 아니었다.

보통 사람들은 기준을 타인에게 맞춘다. 다른 사람보다 내가 성적이 좋은지, 돈이 더 많은지, 높은 자리에 올랐는지 하는 것들을 중요하게 생각한다. 그러나 이러한 단순한 비교는 한계가 있다. 한 사람의 몸과 마음은 시시각각 변하기 때문에 외부에 기준을 두면 상황이 나빠질 때 좌절하기 쉽다. 그래서 나는 언제나 기준을 나 자신에게 둔다. 경기가 풀리지 않을 때도 상대 팀과의 점수 차이보다 내가 할 수 있는 최선을 다하고 있는지 생각한다. 온 힘을 다했다는 확신을 가질 수 있다면 경기에 지더라도 좌절하기보다 다음 경기를 위한 경험이자 디딤돌로 삼을 수 있다.

배구는 팀 경기이기 때문에 흐름이 언제든지 바뀔 수 있다. 그래서 나쁘든 좋든 유연하게 대처하면서 흐름을 이끌어나갈 강단이 필요하다. 기준을 나 자신에게 두고 더 이상 후회가 없다면 실패한 경기가 아니다.

물론 은희가 치르는 시험과 운동경기는 다른 부분이 많을 것이다. 경기는 순간적인 집중력이 필요하고 경기마다 반성하고 훈련에서 보완해나갈 수 있지만, 공부는 일 년에 한 번 치르는 시험을 목표로 꾸준하고 한결같은 노력이 필요하니까. 그러나 크게 본다면 공부도 자신의 최대치를 이끌어내려는 노력이 지속될 때 좋은 성과를 낼 수 있다고 생각했다. 지금 생각해봐도 나는 운동만 계속해왔기 때문에 공부에 대한 조언에는 부족한 면이 있다. 그러나 다행히도 은희는 내 진심만큼은 알아주었는지 최근에 나에게 그때의 이야기를 기억한다며 이렇게 말해주었다.

"그때 네가 한 말이 잊히지 않더라. 그날 이런 생각이 들더라고. 그동안 내가 알던 장난꾸러기 연경이가 아니구나. 최선을 다해서 노력하고 스스로 돌아볼 수 있을 만큼 성장했구나."

은희는 다시 치열한 시간을 보냈고, 합격자 명단에 이름을 올렸다. 그 소식을 듣고 나는 얼마나 기뻤는지 모른다. 그리고 신기하게도 정식 교사가 된 은희가 발령받은 학교는 우리의 모교인 원곡중학교였다. 체육 교사가 되어 모교로 돌아간 은희는 우리가 함께 웃고 울던 배구팀을 맡아 후배들을 키워내는 감독이 되었다.

어릴 때나 지금이나 배구 안에서 살아가는 우리는 지금도 만나면 이야깃거리가 끊이지 않는다. 예전에는 어떻게 하면 한 경기라도 뛸 수 있을지에 대해 이야기했다면, 지금은 후배들의 훈련 방식이나 요즘의 배구 흐름에 대해 말한다. 내용이 깊어지기 시작하면 나는 은희를 붙들고 생각을 쏟아놓거나 진지하게 의견을 나눈다.

"네가 진짜 중요한 역할을 하고 있는 거야. 배구에서 유소년이 무너지면 안 돼. 유소년이 무너지면 위로 갈수록 좁아지니까 유소년을 잘 길러내는 게 정말 중요해."

어릴 적부터 함께 해온 친구가 모교의 배구부 감독이 되어 또다시 배구에 대한 이야기를 나눌 수 있다는 것은 특별한 경험이다. 항상 그랬던 것처럼 숨 돌릴 틈도 없이 즐겁게 배구 이야기를 하고 나면, 우리가 진정 배구인이 되었다는 생각이 든다.

CHAPTER 3

누구도
이견을 제기할 수 없는
실력을 보여주겠다

어릴 때부터 나는 배구밖에 몰랐다.

지금도 내가 가장 잘하는 것은 배구이며, 배구는 이런 나에게

특별한 삶을 선물해주었다. 나에게 가장 소중한 시간은

코트 위에서 뛰고 있는 지금이지만, 코트에 서 있는 시간이 끝나더라도

남은 날들을 배구를 위해 살고 싶다.

새로운 도전,
페네르바체

_ 더 큰 세상으로

터키 리그는 세계에서 손꼽히는 리그 중 하나로 최고의 선수들이 모여드는 곳이다. 일본에서 활동하던 내가 이적 제의를 받아들이고 터키로 간다면, 나 또한 그들과 어깨를 나란히 하고 한팀이 되어 활동하는 셈이었다. 마음이 한껏 들뜨면서도 한편으로는 내가 그 속에 들어가서 잘할 수 있을지 걱정스러웠다. 내가 그들과 대등하게 경쟁할 수 있는 실력이 아니라고 생각했기 때문이다. 물론 직접 뛰어보기 전까지 정확히 판단할 수 없는 일이었지만, 혹시라도 실력에서 밀려난다면 다시 후보가 될지도 모르는 일이었다.

　이적 제의를 받은 시기에 나는 세계적으로 유명한 선수는 아니었지만 국내에서는 유망주였다. 그래서 국내로 돌아간다면 얼마든지 편하게 운동을 할 수도 있는 상황이었다. 선택지는 두 가지였다. 일본에서 얻은 좋은 성과를 가지고 국내로 돌아가 대우를 받으며 활동하느냐, 위험을 감수하고 먼 나라로 날아가 새로운 도전을 펼치느냐.

　가까운 나라 일본에서 타지생활을 한 나로서는 결정하기 어려운 선택이었다. 아무리 가까워도 타국은 타국이라는 경험을 했기 때문이다. 모국어가 아닌 외국어로 의사소통을 하고, 낯선 문화 속에서 나고 자란 사람들과 함께 생활한다는 것은 힘든 일이었다. 아무 일도 없는 평탄한 날들이 이어지고 사람들이 친절하게 대해준다고 해도 마음 한구석에는 채워지지 않는 외로움이 있었다. 더구나 터키라면 한국에서 최소 11시간 이상은 비행을 해야 갈 수 있는 나라였다. 또 뉴스 속 터키는 치안이 좋아 보이지 않았기 때문에 혹시 안전에 문제가 생길까 걱정스럽기도 했다.

　가족과 이야기를 나눠봤지만 역시 나와 같은 부분에서 망설이며 선뜻 조언을 해주지 못했다. 하지만 한 가지 뜻이 모아지는 건 더 배울 수 있는 곳으로 가는 것이 좋겠다는 것이었다. 비록 그곳에서 역량이 되지 않아 밀려나는 상황이 오더라도 다가온 기회를 두고 지레 겁먹고 물러서고 싶지 않았던 내 마음을 알아주었던 것이다. 그리고 혹시라도 어려운 일이 생겨 돌아오더라도 늘 든든한 지원군이 되어줄 테니 실망하지 말고 돌아오라는 말도 덧붙였다. 선택의 시간이 다가오자 나는 진정 내 마음이 어떤지 찬찬히 들여다보기 시작했다.

'내 인생에서 이렇게 크게 도약할 수 있는 기회가 몇 번이나 올까? 터키 이적 제의는 일본에서 활동을 잘 해서 얻은 기회니까 내 손으로 만들어낸 것이다. 하늘에서 뚝 떨어진 운이 아니니까 겁먹을 필요 없다. 터키에 가서 지금까지 해오던 것처럼 노력한다면 어느 정도 따라잡을 수 있을 것이다. 여기서 멈추지 말고 더 큰 세상으로 나가보자.'

내 마음의 소리가 또렷하게 들리기 시작했다.

2011년, 새로운 도전을 선택한 나는 2009~2010 터키 할크방크에 소속했던 문성민 선수 이후 2번째로 터키 리그에 진출하게 되었다. 고민을 거듭한 끝에 내린 결정이었고, 걱정과 응원 속에서 어렵게 성사된 입단이었다.

유럽과 아시아를 잇는 교차로이자 다양한 아름다움이 공존하는 나라 터키. 터키 배구는 유럽에서도 손꼽히는 리그를 형성하고 있었기 때문에 그곳에서 활동하는 것 자체가 대단한 경험이었다. 나는 거대한 문을 열고 이제껏 보지 못했던 세상으로 나아가는 기분이었다. 그 너머에 좌절과 후회가 있을지, 도약과 기쁨이 있을지 전혀 예상할 수 없었지만 기대와 긴장이 뒤섞인 묵직한 감정이 온몸을 감싸는 것을 느끼며 터키행 비행기에 몸을 실었다.

_ 낯선 땅, 터키

터키의 페네르바체는 남자 프로 축구와 남녀 농구, 남녀 배구·조정·탁구·수영 등 여러 스포츠 팀을 가지고 있는 클럽이다. 그 유래가 1928년 이스탄불 대학의 여자 배구 팀이니 역사가 아주 오래되었다고 할 수 있다. 아주 오랜 시간을 거쳐온 만큼 페네르바체에는 한국과 다르게 대를 이어 응원하는 팬들이 많았다. 예를 들어 아버지가 페네르바체를 응원하면 유산을 물려받듯 자식들이 같은 팀을 이어받아 응원했다. 자부심도 대단했으며 새로 영입된 선수들에 대한 관심도 엄청났다. 그러니 처음 들어온 한국 선수에 대한 관심은 두말할 나위 없는 일이었다.

나는 예상치 못한 뜨거운 반응에 놀랐지만 최대한 침착하게 내 생각을 전달하기 위해 노력했다. 이적을 결정한 이후 터키에서 열린 기자회견에 참석한 나는 내가 가진 역량을 펼쳐 보이고 최선을 다하겠다고 약속했다. 공식적인 행사가 끝난 이후에는 구단 관계자의 안내를 받아 앞으로 내가 이용할 공간들을 둘러보았다. 무엇보다도 내가 보았던 곳보다 훨씬 넓고 좋은 체육관과 훈련 시설을 보자 터키에 온 게 실감 나기 시작했다.

"연경, 경기를 하면 이곳이 관중들로 가득 찰 거야."

앞서가던 관계자가 들뜬 목소리로 말했다. 그녀가 가리키는 곳을 향해 시선을 돌리자 수많은 관중석이 한눈에 들어왔다. 내가 원하던 무대가 바로 여기였구나. 그 순간 나는, 내가 한 결정이 옳았다는 것을 느꼈다.

페네르바체 구단에 입단할 당시 계셨던 아즈바뎀 스폰서 회장님은 나를 집으로 초대해 맛있는 음식과 따뜻한 덕담으로 환영해주었다. 새로운 손님을 맞아 반가워하며 앞으로 잘 지내자고 인사를 건네는 것이 한국의 문화와 크게 다르지 않았다. 터키에서 만난 사람들은 한결같이 친절한 얼굴이었고 한국인인 나를 한가족처럼 대해주었다. 낯설고 어색했던 기분이 스르르 녹아내리는 것 같았다.

사실 내심 가장 기대하고 있던 것은 함께할 동료들을 만나는 일이었다. 터키 리그가 아니라면 경험하기 어려울 선수들이었고, 이미 그들에 대해 알고 있던 나로서는 기대가 컸다. 함께하면서 배울 점도 많고, 새로운 호흡을 경험할 수 있으리라는 기대였다. 구단 관계자도 나에게 팀원들에 대한 이야기를 전해주며 나 외에 새롭게 합류하기 위해 논의 중인 선수들에 대해서도 설명해주었다. 이야기를 듣고 있자니 배구가 얼마나 더 재밌을까 하는 생각이 절로 들었다. 관계자의 친절한 안내 덕분에 나는 순조롭게 터키 리그를 위한 준비를 시작할 수 있었다.

터키에 도착하고서 바로 새로운 공간을 둘러본 것은 나에게 커다란 자극이 되었다. 어쩌면 낯선 환경에 위축될 수도 있었겠지만 더 좋은 환경에서 뛰어난 선수들과 새로운 경험을 할 수 있다는 생각만으로도 우울함은 순식간에 사라졌다. 터키에서 보내게 될 시간 동안 최선을 다해 나의 한계를 끌어올리고 싶다는 생각뿐이었다. 나는 새 학기를 맞이하는 학생처럼 마음이 부풀어 올랐다.

_ 정해진 답은 없다

인생은 생각대로 되지 않는다. 나는 이를 알면서도 최대한 긍정적으로 미래의 일들을 그린다. 결론부터 말하면 터키에서 일어난 일들 역시 처음 기대했던 대로 이루어지지 않았다. 그러나 확실하게 말할 수 있는 것은 어떤 부분은 생각보다 힘들었고, 어떤 부분은 생각보다 훨씬 좋았다는 것이다. 미래는 이런 예측할 수 없는 가능성 위에 일어나는 일들이라고 생각한다. 내일의 일들은 도면을 그려본 대로 정확하게 일치하지 않을 것이며, 가진 것을 잃을 수도 있지만 가진 것보다 훨씬 많은 것을 얻을 수도 있다.

확실한 미래와 빛나는 성과가 아닌 어쩐지 불안한 도전, 주변의 우려와 걱정. 터키에서의 여정은 여기서 시작되었다. 그때의 나는 나 자신을 시험대 위에 올리는 심정이었다. 물러설 곳이 없으므로 최선을 다해 싸워야 하는 곳. 시험대는 그런 곳이다. 그것을 알면서도 나는 새로운 도전을 선택했다.

도전은 내가 걸어온 길을 돌아보며 나 자신의 위치를 알고, 내 능력을 가늠해보고 앞으로 나아갈 길을 바라보며 신중하게 하는 결정이다.

인생에서 우연히 일어나는 대반전은 없다. 하나의 선택이 다른 선택으로 이어지고, 지금껏 해온 노력들이 새로운 성과를 이끌어내며 연결고리를 만들어가는 것이다. 만약 로또처럼 보이는 갑작스러운 성공이 있다면 잘 관찰해보라. 지금껏 묵묵히 노력해온 것들이 쌓여 눈에 보이는 성과로 나타난 경우일 뿐이다.

　인생에 기회가 온다면 안전한 길을 갈 수 있는 지도를 찾으려고 하지 말자. 인생에 정해진 답은 없다. 생각대로 되지 않을뿐더러 당장 다음 경기의 승패조차 알 수 없다. 인생의 길이 나누어지는 순간이 온다면 그저 지금까지 해온 나 자신의 노력과 앞으로 목표를 향해 갈 자신의 의지만이 힌트가 될 뿐이다. 당장의 성과가 없더라도 좌절하지 말고 스스로 쌓아온 시간을 믿으며 앞으로 나아가야 한다. 발걸음이 이어지다 보면 그 어떤 지도에도 없는 자신만의 길을 만들게 될 것이다.

한국에서 온
이름 모를 선수

_ 텃세는 세계 어디에나 있다

처음 만나는 친구에게 먼저 다가가 넉살 좋게 구는 나의 친화력은 해외에서 제대로 발휘되었다. 나는 일본 JT마블러스에서 2년을 뛰었고, 그 이후 이적한 터키 페네르바체에서 6년 동안 활동했다. 일본에 있을 때에는 우리나라 사람들과 생김새가 비슷해 크게 거리감을 느끼지 못한 덕분에 늘 하던 것처럼 선수들에게 다가가 말을 붙였고 단기간에 친해질 수 있었다. 그러나 터키에서는 상황이 조금 달랐다. 내가 한국 최초로 터키 리그에 진출한 여자배구 선수라는 것은 터키 리그에서 이미 활동하던 선수들 입장에서 보면 물론 나를 아는 선수도 있었겠지만 한국에서 온 이름 모를 선수였을 것이다.

막연한 기대와 달리 팀 동료들은 처음에는 나를 그리 반가워하지 않았다. 그도 그럴 것이 각 나라를 대표하는 세계적인 선수들이 한데 모인 팀이었다. 그때 나는 유명하지도 않았고, 올림픽에서 메달을 따거나 주목을 받은 적도 없었다.

'어디서 갑자기 나타난 애야? 본 적도 없는데.'

나를 바라보는 동료 선수들의 무표정한 얼굴에서 나에 대한 무관심을 알 수 있었다. 나는 이에 아랑곳하지 않고 환하게 웃으며 먼저 인사를 건넸다. 그러나 그들은 예의상 지어 보이는 웃음을 지으며 심드렁한 응답만 해주었다. 사실 나는 낯선 나라에 왔기 때문에 먼저 활동하고 적응한 동료들이 친구처럼 나서서 도와줄 거라는 기대를 했다. 예전에 내가 국내에서 활동하며 고생하는 외국 선수들에게 마음이 가서 챙겨주고 신경을 써주었던 것처럼 말이다. 그러나 마음을 써주기는커녕 인사조차 제대로 받아주지 않을 때도 있었다.

다 함께 친해진 지금 돌이켜 생각해보면, 그들이 냉랭하게 굴었다기 보다는 서로의 문화가 달랐던 것 같다. 그들은 새로운 선수라고 해서 배려해야 한다고 생각하지 않았다. 개인주의적인 성향 탓에 특별한 계기 없이는 사적인 대화를 하거나 가까워지려고 하지 않았던 것이다. 그러나 그 당시 나로서는 그런 분위기가 꽤 서운하게 느껴졌다.

서로에 대해 이야기를 나누지 않는 것은 식사 시간에도 계속되었다.

밥을 먹으면서 동료들과 웃고 떠드는 것을 낙으로 삼던 나에게는 고역이 따로 없었다. 아무도 나에게 말을 걸지 않아 묵묵히 식사를 하는 동안, 대화를 하며 서로의 생각을 나누고 감정을 공유하던 옛 동료들이 무척이나 그리웠다. 길고 지루한 식사 시간이 이어졌다. 단 한 마디도 하지 않은 채 음식을 씹어 넘기려니 체증이 생기는 기분이었다.

훈련 시간도 마찬가지였다. 함께 시즌을 보내며 친해진 선수들은 그들끼리만 이야기를 나누었고 나에게는 말을 걸어오지 않았다. 내가 무언가를 물으면 겨우 대답은 해주었지만, 도통 나에게는 관심이 없다는 얼굴이었다. 화기애애한 분위기를 풍기며 도란도란 이야기를 나누는 그들을 보고 있자니 어쩐지 소외된 기분이 들었다.

동료들과 친해지지 못한 채 시간이 흐르자 다른 문제들도 생겨났다. 그것은 훈련 경기를 진행하는 동안 나에게는 공이 잘 오지 않는다는 것이었다. 그들에게 나는 여전히 한국에서 온 이름 모를 선수일 뿐이었다. 실력을 제대로 본 적도 없는 데다 세계적인 유명세도 없어 신뢰를 하지 못하는 부분이 경기에서 나타났다. 가장 억울했던 일은 다른 동료 선수와 나 사이에 공이 떨어졌을 때였다. 이런 경우 대부분의 동료들은 내 잘못이라고 지적했고, 나는 그저 미안하다고 사과를 해야 했다. 그러나 시간이 지날수록 아무리 생각해도 내가 사과할 일이 아니라는 생각이 들었다. 잘못을 지적하는 방향이 편파적으로 느껴졌기 때문이다.

훈련을 마치고 돌아와 혼자 있을 때면 복잡한 생각이 밀려들었다.

나는 터키에 배구를 배우러 온 신인이 아니었다. 충분히 역량을 갖추었기 때문에 구단에서 정식으로 이적 제의를 받고 온 선수였다. 다른 선수들이 나를 새내기 취급을 한다고 해도 나 자신만큼은 내가 실력 있는 선수라는 것을 알고 있었고, 무엇보다 이 사실이 가장 중요했다. 그들이 실수라고 말해도 정말 실수인지 판단할 수 있는 자질이 나에게 분명히 있었다. 그들이 말하는 대로 내 의견을 굽힐 이유가 없다는 데까지 생각이 이르자 정신이 번뜩 들었다.

'이런 상태로는 안 되겠어. 더 확실하게 내 의견을 보여줘야겠다!'

차근차근 언어를 배우고, 내 의견을 정리하고, 동료들과 친해져서 한국에서처럼 대화하려던 계획은 그만두어야겠다는 생각이 들었다. 다른 동료의 실수인데도 내 잘못이 되는 경우에는 손짓 발짓을 사용해서라도 그 즉시 내 의견을 피력해야겠다고 마음먹었다.

_ 내 공 아닌데?

훈련 경기 중에 날아온 공이 나와 동료 사이로 떨어졌다. 둘 다 받아내지 못한 공은 바닥에 튕겨져 나가 그대로 실점이 되었다. 그러자 이전처럼 동료는 왜 공을 못 받았냐는 손짓을 해 보였다. 분명 공은 나보다 동료에게 훨씬 가깝게 떨어졌는데도 말이다. 공을 받아야 하는 책임에 대해 따지자면 그녀에게 훨씬 더 많은 지분이 있는 셈이었다.

나는 다짐했던 대로 그녀보다 더 적극적으로 손을 움직이며 내가 아니라 그녀의 실수라는 사실을 짚었다. 영어를 잘 하지 못할 때여서 말로 설명하지는 못했지만, 충분히 알아들을 수 있을 만큼 정확하고 크게 손동작을 했다.

"공이 여기에 떨어진 걸 다들 봤잖아. 내 공 아닌데?"

눈을 크게 뜨면서 공이 튕겨 나간 자리를 손가락으로 가리키고 가까이 있던 동료를 향해 손짓을 했다. 동료들은 이전과 다른 나의 반응에 놀라는 눈치였다. 나는 당당한 표정을 지으며 내 말이 맞지 않느냐고 큰 소리로 물었다. 그러자 나와 시선이 마주친 동료들이 고개를 끄덕이며 내 의견에 동의했다. 누구보다 주변 선수들이 잘 알고 있는 사실이었다. 그들이 서로 친하지만 않았더라면 당연히 지적했을 상황이었지만, 어쩐지 툭하면 내 잘못이 되어가고 있었다. 내가 물러서지 않고 정확하게 계속 지적하자 내 손을 들어주는 동료들이 생겨나기 시작했다.

내가 의도한 것은 이뿐이 아니었다. 어느 상황에서도 기죽지 않고 당당하게 내 의견을 말함으로써 동료들이 내가 무슨 이야기든 고분고분하게 듣고만 있는 성격이 아니라는 것을 알기를 바랐다. 나는 그동안 어디에서도 어느 순간에도 코트 위에서라면 물러서거나 기죽지 않았다. 터키가 아무리 최고의 리그라 할지라도 나는 늘 스스로 자부할 만큼 경기에 온 힘을 쏟았기 때문에 당당한 태도를 버릴 이유가 없다고 생각했다. 내 잘못이 아닌데도 그냥 인정해버리고, 공을 잘

주지 않는데도 그러려니 방관한다면, 결국 손해를 보는 것은 나 자신일 터였다. 나는 타인에게 공을 양보하며 잘못을 덮어쓰고 말없이 경기를 지켜보려고 터키까지 날아온 게 아니었다.

마음이 약해지는 순간이 오면 처음의 마음가짐과 목표를 머릿속에 떠올렸다. 나에게는 나의 한계가 어디까지인지 부딪혀보고, 정상을 향해 가겠다는 포부가 있었다. 나는 더 이상 주변에서 몰아가는 대로 그저 고개를 끄덕이며 수긍하는 멍청이가 되지 않겠다고 다짐했다.

대등한 입장에서 친해져야 하는 동료들 외에도 호감을 얻어야 할 상대는 또 있었다. 바로 날카로운 시선으로 나를 지켜보고 있는 페네르바체의 팬들이었다. 앞서 설명한 대로 역사가 오래된 구단에서 세대를 대물려 응원을 이어온 팬들이었다. 그 어느 팀보다도 자부심이 있고 애정이 많았기 때문에 새로 영입해온 선수에 대한 기준도 까다로웠다. 내가 이적한 그 순간부터 관심이 뜨거웠던 만큼, 페네르바체에 어울리는 선수인가에 대한 철저한 검증도 시작되고 있었다. 결국 나는 모두에게 배구 선수로서 김연경의 진가를 보여주어야 했다. 복잡하고 어려운 모든 상황을 해결할 방법은 단 하나였다. 코트 위에서 그 누구도 이견을 제기할 수 없게 실력을 보여주는 것이었다.

_ 실력이 해답이다

하루 종일 낯설고 어려운 일의 연속이었다. 초반은 시차변화에 따른 기상시간의 변화에 맞춰 컨디션을 조절하는 것이 매우 힘들었다. 또한 터키어는 난생처음 듣는 말이었기 때문에 간단한 영어 말고는 의사소통이 전혀 되지 않았다. 훈련에 합류했을 때도 방식이 달라 눈치를 보며 적응하기에 바빴다. 또 단체생활 문화가 있는 아시아와 달리 유럽에서는 선수 각자가 스스로를 관리해야 했다. 밥도 알아서 챙겨 먹어야 하고 생활을 하는 곳도 달랐으며, 생활에 필요한 것들이나 몸 관리도 스스로 알아서 해야 했다.

정신없이 시간을 보내다 문득 정신을 차리면 완전히 낯선 세계에 홀로 떨어져 있는 착각이 일었다. 거리에서는 알 수 없는 말들이 들려오고, 이국적인 생김새의 터키인들이 지나갔다. 멍한 얼굴로 그 풍경을 보고 있으면 어쩌다가 내가 이곳에 와 있는지 잠시 혼란스러워졌다. 어렵게 선택한 도전이었는데 잘하고 있는 건지 의문이 들 때도 있었다.

식사 시간이 되면 배고픔이 느껴지는 것처럼 한국에 대한 그리움이 수시로 밀려왔다. 정다운 모국어로 나를 응원해주는 사람들이 있고, 언제나 다정하게 반겨주는 가족이 있는 곳. 떠올리면 떠올릴수록 당장이라도 돌아가고 싶은 고향이었다.

생각을 털어내기 위해 애써 고개를 가로저었다. 정신을 차리고 냉정하게 내가 마주한 상황에 대해 생각해보았다. 나는 터키에 여행을 온

게 아니었다. 한국을 대표해서 온 것이기 때문에 나의 행동은 그저 사생활에 속하는 게 아니었다. 국가를 대표한다는 무게감은 유럽 리그 진출을 결정하는 그 순간부터 감당해야 하는 것이었다.

'이대로 돌아가면 나만 포기하는 것이 아니다. 내가 한국을 망신 시키는 거다.'

어떤 선택을 해서 여기까지 왔는지 생각하며 입술을 질끈 깨물었다. 이대로 돌아갈 수는 없었다. 나는 다음 날부터 지지 않겠다는 듯이 더 적극적으로 친화력을 발휘하기 시작했다. 운동을 하다가 슬쩍 터치하면서 내 존재를 알리기도 하고, 눈이 마주치면 쾌활하게 웃으며 인사를 했다. 틈틈이 터키어를 배워 기회가 생길 때마다 어설프게 말을 걸어보기도 했다. 선수들은 관심이 없다가도 내가 어설픈 터키어로 말을 걸면 웃음을 머금고 대답을 해주었다.

무엇이든 던지고 보자는 생각으로 영어를 쓰기도 하고, 터키어를 쓰기도 했다. 마음이 급하면 나도 모르게 일본어가 튀어나올 때도 있었다. 처음에는 별 반응이 없던 동료들도 매일같이 인사를 건네며 말을 걸어오는 나에게 조금씩 표정을 드러내기 시작했다. 머뭇거리며 주저할 시간에 한 번 더 웃고 한 번 더 입을 열자는 방식이 통하고 있었다. 한국에서 보였던 특유의 친화력이 터키에서도 통하기 시작하는 순간이었다.

훈련장 분위기가 조금씩 풀려갈 때에도 나는 가장 중요한 것이 실력이라는 사실을 잊지 않았다. 내가 그들과 친해진다고 하더라도 실력이 모자라서 경기에 도움이 되지 않는 선수가 된다면, 결국에는 마음을 열지 않을 것이기 때문이었다. 이는 당연한 것이기도 했다. 프로 배구의 세계에서 팀은 하나의 공동체이며 팀워크는 승리를 좌우하는 요인이다. 내가 팀워크에 해가 되거나 경기를 어렵게 하는 선수라면 동료들은 나를 버겁게 여길 수밖에 없을 것이다. 그래서 나는 친화력을 발휘하면서도 하루빨리 실력을 보여줘야 한다는 생각에 마음이 급해졌다.

_ 관계에도 노력이 필요하다

첫 데뷔는 엑자시바시와의 경기에서 선발 출전한 것이다. 이 경기에서 나는 15득점을 올렸다. 챔피언스 리그에서 순조롭게 출발한 페네르바체는 연승 행진을 이어나가며 거침없이 질주했다. 유럽에서 오래 뛴 선수들도 우승은 쉽지 않은 일이라고 했는데, 나로서는 이적한 첫해부터 승승장구를 하는 셈이었다. 나 또한 상승세를 타며 득점을 쏟아내자 동료들의 반응도 눈에 띄게 변해갔다.

'한국에서 온 애, 나쁘지 않네?'

'처음에는 어리바리하더니 이제는 좀 하네?'

나에 대한 인식이 변화한 것이다. 터키 환경에 적응하면서 과감한 공격과 시도가 나오기 시작하자 감독님도 나에게 신뢰를 보이며 칭찬을 아끼지 않았다. 나는 해볼 만하겠다는 자신감이 생겼다. 흐름을 타기 시작한 나는 주저하지 않고 코트를 누볐고, 경기가 거듭될수록 세계적인 무대에서도 거침없이 점프하는 공격수로 거듭났다.

하나의 매듭이 풀리자 다른 일들은 일사천리로 해결됐다. 리그가 중반을 넘어가자 이제 내가 먼저 다가가지 않아도 동료들이 먼저 인사를 건넸다. 훈련 중에 흐름이 맞아 득점을 하면 잘한다고 칭찬을 하기도 했다.

팬들은 승리에 힘을 보태는 나에게 응원가를 만들어 부르기도 했다. 그렇게 우여곡절이 많았던 터키 적응은 끝났고, 이제는 애틋한 사이가 된 동료들과 본격적인 여정을 시작하게 되었다.

어쩌면 친화력은 단지 먼저 말을 걸고 다가가는 행동만을 가리키는 말은 아닌 듯하다. 처음 용기를 내서 다가가고 친해지는 것은 시작에 불과하다. 관계가 이어졌을 때 서로가 각자의 역할을 현명하게 해내고 책임을 다하는 것이 오래도록 함께하는 관계를 유지해가는 진정한 친화력인 것 같다. 처음의 용기도 중요하지만 정말 중요한 것은 그 이후의 노력인 것이다.

팀 동료들은 물론이고 사람들과의 관계 또한 노력에 따라 달라진다. 그래서 나는 때로 배구 코트 안에 있는 동료들만 팀이 아니라, 세상을 함께 살아가는 모두가 팀이라고 생각한다. 어릴 적부터 나의 편이 되어주었던 가족은 물론이고, 경기를 뛰는 동안 내 이름을 외치며 힘을 불어넣어주는 팬들 그리고 감독님과 팀 닥터 등등.

내가 살아가는 동안 만나는 수많은 사람과 함께 나는 앞으로도 인생이라는 리그에서 지치지 않기 위해 특유의 친화력을 발휘할 것이다.

세상에서
가장 강한 상대

_ 반은 맞고 반은 틀리다

"알람이 울리지 않아도 새벽이면 눈을 뜨고, 하루를 감사하는 마음으로 일어나 활기찬 하루를 시작합니다. 그리고 하루의 일정을 확인하고 한순간도 낭비하지 않기 위해 바쁘게 움직여요. 지친 기색도 없이 훈련을 소화하고, 경기 준비를 위해 늘 긴장을 놓지 않고 생활하고 있어요."

사람들이 예상하는 내 생활은 이런 내용인 것 같다. 그러나 결론부터 말하면 나는 철인이 아니다.

학교를 다니며 숙소생활을 할 때에는 새벽이면 일어나 운동장을 달리며 하루를 시작했다. 종일 계속되는 훈련에도 빠지지 않았고, 틈만 나면 배구공을 가지고 움직였다. 이런 날들이 오래도록 쌓여 지금까지 올 수 있었던 밑거름이 되어준 것은 두말없는 사실이다. 그러나 지금은 반드시 새벽에 일어나 하루를 시작하고, 쉬는 시간에 잠을 아껴가며 개인 훈련을 하는 일은 드물다. 그 이유는 이제는 힘들어서 더 하고 싶지 않은 것이 아니라, 지금 나의 상황에서는 예전의 방식이 더 적합하지 않기 때문이다.

유년 시절 나는 기본을 배워나가는 과정에 있었다. 배구 선수로서 여러모로 부족한 부분을 채워나가야 했고, 배우고 깨달은 것을 틈틈이 몸에 익숙하게 만드는 양적인 훈련이 필요했다. 그 이후 나는 프로 선수가 되어 지금까지 10년이 넘도록 활동해왔고, 셀 수 없는 경기를 치렀다. 그래서 지금은 기본을 바탕으로 기술을 응용하고 활용하는 시기에 있다. 내가 현재 집중해야 하는 것은 기량을 유지하면서 부상 주위 근육을 보강하고, 이미 다져진 역량을 최대한 길게 가져가는 것이다. 비유를 하면, 기초 개발을 지나 유지·보수 단계에 있는 셈이다.

한 분야에서 정점에 오른 사람들이 대부분 새벽에 일어나 하루 일과를 시작하는 것은 이미 알려진 사실이다. 나도 새벽은 아니지만 아침이면 일어나 일정을 시작한다. 그러나 강박적으로 기상 시간에 집착하지는 않는다. 나에게 하루를 잘 보낸다는 의미는 일찍 자고 일찍 일어나는 것이 아니라, 목표를 확실히 두고 그것을 위해 일과를 채워나가는 데 있다. 자신이 해야 할 일을 확실하게 알고 있다면, 아침에 안 일어날 수 없다. 오후부터 설렁설렁 움직이면서 달성할 수 있는 일들은 없으니까 말이다.

터키에 온 이후 나는 이곳 생활에 대한 질문을 자주 받았다. 아무래도 해외 진출을 해서 좋은 성적을 보여주고 있으니 철저한 관리 속에서 피나는 노력을 거듭하며 특별한 생활을 하고 있을 거라고 생각하는 모양이다. 솔직하게 말하면 반은 맞고 반은 틀리다.

우선 나는 터키 생활의 대부분을 훈련 일정에 맞춘다. 아침 일찍부터 훈련이 잡혀 있는 날에는 일찍 일어나지만, 호출 시간이 늦으면 그 시간에 맞추어 여유롭게 일어난다. 보통 훈련 시간보다 1시간 반 전에 일어나니까 기상 시간에 유동적으로 움직이는 셈이다. 운동 시작은 빠르면 9시고, 정말 빨리 부르는 경우가 8시 반이다. 그래서 나는 보통 아침 8시 전후로 일어난다. 모두가 잠든 새벽에 일어나 나만의 시간을 보내거나 하지는 않는다.

눈을 뜨면 근육을 늘리며 간단한 스트레칭을 한다. 잠에서 완전히 깨지 못한 정신을 깨우면서 본격적인 훈련을 위한 준비운동을 하는 셈이다. 침대에서 나오면 가장 먼저 부엌으로 가서 빵을 굽는다. 사방에 고소한 빵 냄새가 풍기기 시작하면 허기가 밀려든다. 그러면 식탁 의자에 앉아 요플레와 우유, 그리고 빵을 먹는다. 아침 식사를 마치고 나면 샤워를 하고 옷을 갈아입으며 훈련장에 갈 채비를 한다. 운동 용품을 챙긴 가방을 들고 차를 운전해서 체육관에 가면 하나둘 모여

드는 동료들과 훈련을 시작한다. 쉴 틈 없이 짜인 프로그램을 따라 몸을 움직이다 보면 시계를 확인할 새도 없이 하루가 흘러간다.

웨이트를 마치고 나면 점심시간이다. 점심은 상황에 따라 동료들과 사 먹거나 집에 돌아와 요리를 해서 챙겨 먹는다. 나는 살이 찌지 않는 체질이라 스트레스를 받으며 식단을 제한하기보다 먹고 싶은 것을 먹고 기분 좋게 훈련한다. 점심을 먹고 나면 오후 운동을 위해 낮잠을 잔다. 잠깐이지만 수면을 하고 나면 오후 훈련에 집중력이 생겨 지치지 않고 프로그램을 마칠 수 있다. 오후 운동까지 모두 마치고 나면 먹고 싶은 음식을 정해 저녁 식사를 한다. 선수 식단이랄 것은 없고 내가 먹고 싶은 음식을 먹는 식이다. 운동선수로서 챙겨 먹는 것이 있다면, 단백질이나 탄수화물 정도다. 그리고 가끔가다 고기나 생선 등을 챙겨 먹기도 한다.

터키에서 나는 개인 시간을 활용하기보다 최대한 구단에서 정해진 일정과 프로그램을 따르며 그 순간에 최대한 집중하려고 노력한다. 아무래도 오랜 활동으로 고질적인 부상 부위가 생긴 터라 신체를 많이 쓰는 것보다 효율적으로 움직이는 편이 좋기 때문이다. 특히 터키에서는 개인 시간을 활용하기 어려운 이유도 있다. 페네르바체 여자 배구 팀이 훈련하는 체육관은 우리만 쓰는 곳이 아니다.

페네르바체는 일종의 스포츠클럽으로 주니어 팀도 있고, 성인 팀도 있으며, 종목도 다양하다. 그래서 아무리 소속 선수라 할지라도 공식적으로 주어진 시간 외에는 시설을 이용하기가 어렵다. 체력 훈련을 해야 하는 것은 모든 팀이 마찬가지기 때문에 정해진 순서대로 이용해야 한다. 주어진 시간에 내가 얼마나 훈련을 할 수 있을지 생각해보면, 결국 짜인 훈련 일정 안에서 최대한 집중해 내 몸을 만들고 준비하는 것이 가장 좋은 방법이다.

그리고 무엇보다 훈련 프로그램이 결코 만만하지 않다. 개인 할당량만 소화해도 경기에서 내 역할을 충분히 할 수 있을 정도의 수준이다. 오히려 이 프로그램을 제대로 하지 않고 시간을 허투루 보내면 바로 경기력으로 이어지기 마련이다. 그 과정에서 처음은 선수 본인이 아는 데에서 그치지만, 어느 정도 시간이 지나면 동료들과 감독님은 물론이고 경기장을 찾아주는 관중들도 알게 된다.

평소 공부를 한 만큼 성적으로 이어지는 것. 이 단순한 인과 관계가 내가 열심히 하는 이유다. 내가 보내는 하루에 특별한 비법은 없으며 나만 알고 있는 획기적인 전략도 없다. 어찌 보면 운동선수로서 당연하리만큼 단순한 하루를 게으름 피우지 않고 충실하게 보내는 것이 나의 비법이라 할 수 있다. 물론 나도 사람이라 매일 의지가 넘치고 운동이 하고 싶은 마음으로 들떠 있는 것은 아니다. 힘들 때도 있고 오늘만큼은 하기 싫을 때도 있다. 그런데 게으름이라는 것은 이상해서 한 번 미루기 시작하면 하루 종일 아무것도 하기가 싫다. 그래서 주어진 일정, 그러니까 배구 선수로서 내가 해내야 한다는 일들에 대해서는 최선을 다해 소화하자고 마음을 다잡는다.

힘들고 지치는 순간이 오면 시즌이 열리고 경기가 시작되는 순간들을 떠올린다. 허투루 보낸 시간과 훈련 중에 피운 게으름이 경기력에서 보이는 순간을 상상하면 정신을 바짝 차릴 수밖에 없다. 당연하겠지만 나는 그런 모습을 누군가에게 보이는 것이 정말 싫기 때문이다. 눈앞에 주어진 과제들을 해내지 못하면 결과가 좋지 않을 거라는 단순하고 명확한 연결고리가 나를 움직이게 하고 힘든 순간을 이겨내도록 만든다. 배구 선수로서 최선의 노력을 다해 준비하고 경기력으로 보여주는 것. 그것이 내가 관중들에 대한 기본적인 예의이자 최선의 보답이라고 생각한다. 순간적으로 포기하고 싶을 만큼 괴로워도 지나고 나면 그 또한 한순간이다. 내가 이겨낸 훈련들이 자신감이 되고, 이를 바탕으로 당당하게 경기에 들어가 내 퍼포먼스로 관중들에게 보답하는 것. 이 명확하고 단순한 일을 나는 나의 역할이자 사명으로 여긴다.

_ 멘털 관리도 자기 관리다

자기 관리는 단지 건강이나 생활 습관 관리만을 가리키지 않는다. 나 자신을 지키는 자존감을 키우고, 당황스러운 상황에서도 유리처럼 깨지지 않는 정신력을 관리하는 것. 그것 또한 자기 관리다. 나는 멘털 관리가 하루하루를 바탕으로 이루어진다고 생각한다. 시험을 보러 가는 경우, 평소 공부를 많이 하지 않으면 불안하고, 열심히 해두면

덤덤한 것처럼 말이다. 운동선수는 다를 거라고 생각할 수도 있지만, 크게 보면 이와 다르지 않다. 평소 연습을 안 하면 경기에 들어가는 순간부터 불안함을 느끼기 때문이다. 해야 할 것을 제대로 하지 못했다는 생각. 이 생각이 자신감을 갉아먹고 스스로를 약하게 한다.

같은 시간에 모두가 똑같이 훈련을 해도 얼마나 집중하고 최선을 다했는지는 자기 자신이 제일 잘 안다. 그러므로 노력이 부족했다면 경기에 들어가는 순간 온몸으로 불안감이 밀려든다. 나에게 부족함이 있었고 그것이 어느 순간에는 경기력으로 나올 것임을 직감하기 때문이다. 이런 의식이 깔려 있다면 경기에서 자신 있는 모습으로 흐름을 이끌어나갈 수 없는 것은 당연한 일이다. 그리고 이런 상황이 지속되면 위축되는 것뿐 아니라 자존감마저 약해진다.

단순하게 생각해보라. 만약 누군가 나에게 수학 이야기를 꺼내며 질문을 한다면 나는 아무 말도 하지 못할 것이다. 그리고 다음 날도 물어보겠다고 한다면, 그 순간이 오는 것이 싫어서 무작정 도망가고 싶어질 것이다. 왜냐하면 나는 수학 공부를 하지 않았기 때문이다. 수학에 대해 노력한 시간이 없으니까 잘할 자신도 없는 것이다. 그러나 누가 배구 자세에 문제가 있는데 어떻게 하면 해결할 수 있을지 묻는다면, 1시간이 넘도록 떠들 수도 있고 직접 시범 자세를 보여줄 수도 있다. 배구라는 내 분야에서 노력한 시간들이 있음은 물론이고, 처음부터 완벽하지 않았기에 거쳐온 문제들과 씨름했던 시간들이 연륜으로 쌓였기 때문이다.

노력했기에 자신이 있다는 것. 어쩌면 너무도 단순한 사실이다. 그러나 때때로 사람들은 이 단순한 사실은 생각하지 않고, 그저 불만스러운 상황만 가지고 이야기를 하거나 단기간에 해결할 수 있는 방법만 찾으려고 하는 것 같다. 그러나 그런 방법은 없다. 자신이 선택한 분야에서 노력을 통해 자신감을 만들고, 이 과정에서 경험을 쌓으며 성장하는 것이 내가 경험한 유일한 해결책이다. 그래서 나는 자신감이란 생기는 것이 아니라 꾸준히 만들어가는 것이라고 믿는다.

'연경아, 오늘 최선을 다해서 준비했니?'

'경기에 대해 잘 알고 있니?'

'부족하게 느꼈던 부분을 보완했니?'

다른 사람과 비교할 필요도 없다. 그저 자신에게 물으면 답이 있다. 다른 사람의 칭찬보다 내가 나 스스로에게 '잘했어, 수고했어'라는 말이 절로 나올 때까지 땀 흘리는 것만이 나를 만족시킨다.

_ 스스로에게 하는 팩트 폭력

"경기를 하는 모습을 보면 김연경 선수는 어떤 상황에도 잘 흔들리지 않는 것 같아요. 강철 멘털의 비결이 뭔가요?"

"분명 훈련이 힘들 텐데 인터뷰하는 모습을 보면 활기차고 즐거워 보여요. 비결이 있나요?"

"이제는 실력이 탄탄해서 어려운 훈련을 하지 않아도 실력이 유지되나요?"

터키에서 활동하는 동안 리그 우승을 거머쥐면서 국내에도 나에 대한 소식이 많이 전해졌다. 덕분에 배구를 즐겨 보던 분들 외에도 많은 분에게 관심을 받게 되었다.

방송에 출연하고 다른 활동도 하면서 내가 많이 듣는 이야기 중 하나가 강철 멘털에 대한 것이다. 최근 자존감이 낮아지고 자신을 사랑하지 못하는 일이 중요한 문제가 되면서, 경기 중에 자신감이 넘치는 모습을 보였던 것에 궁금증이 생긴 것 같다.

사람들이 짐작하는 내 마음속을 들어보면 이렇다. 나 자신에 대한 사랑이 넘치고, 언제나 잘했다고 응원해주며, 스스로를 자랑스러워하는 상태. 물론 이것이 내가 방송에서 자신감 넘치는 말들을 해서 그리 생각한 것이라고 짐작된다. 그러나 정확하게 따져 말하면 그것은 이제껏 말해온 대로 할 일을 제대로 하고 있는 나에 대한 자신감이다. 앞으로도 오랫동안 경기에서 뛰고 싶고, 현역으로 활동하는 동안 한결같은 기량을 보여주고 싶고, 그래서 오늘도 어제와 다르지 않게 훈련하고 치열하게 경기를 준비하는 나 자신 말이다. 만약 내가 이미 가진 것에 만족하고 언제까지 실력이 영원할 거라 생각하며 게으름을 피우고 있다면, 지금처럼 스스로에게 떳떳하지 못할 것이다. 나는 아무 이유 없이 나 자신에게 무한 사랑을 보내지 않는다.

최근에 팩트 폭력이라는 말이 자주 쓰인다. 이는 사실이라는 뜻의 팩트(fact)와 폭력이 합쳐진 말로 사실을 말함으로써 상대의 정곡을 찔러 아무 말도 할 수 없도록 만든다는 뜻이다. 또 정곡이 찔리면 마치 폭력을 당한 것처럼 마음이 아프다는 것을 표현한 말이기도 하다. 갑자기 이 말이 생각난 이유는 내가 마음을 다잡는 방법과 비슷하기 때문이다. 보통 마음을 다잡는 일이라면 '괜찮아, 다 잘될 거야' 하고 스스로를 위로하는 것을 생각하지만, 내가 나에게 하는 말들은 채찍질에 가깝다.

'연경아, 이거보다 잘할 수 있잖아? 가야지, 더 가야지. 파이팅!'

'연경아, 경기에서 이런 거 너무 아쉽다. 보완해서 다음에 더 잘해 야지.'

'연경아, 이 부분 준비 더 해야지. 여기 모자랐잖아. 그때 이렇게 했어 야지.'

나는 모호한 표현이나 위안으로 적당하게 상황을 넘기는 것을 싫어한다. 그래서 누구보다 나 자신에게 매정하게 대한다. 사실을 짚고 넘어가면서 무엇이 부족하고 어떤 부분을 보완해야 하는지 생각하는 시간을 항상 갖는다. 나도 사람이라 이런 과정이 마냥 즐겁고, 배움이 넘치는 시간으로만 느껴지는 것은 아니다. 누구든지 자신의 단점이나 모자라는 점을 알게 되면 인정하고 싶지 않고, 대충 넘어가고 싶고, 이만하면 됐다 싶다. 그러나 내가 그 순간을 어물쩍 넘어가면, 그 사실조차 자신은 알고 있다. 그래서 마음 한구석에 찜찜함이 남고, 그 남은 부분이 나의 정신력에 균열을 만든다. 균열을 방치한 채로 시간이 흐르면 점점 부위가 커져 돌이킬 수 없는 순간이 온다. 그때는 정말 복구가 어려워지는 것이다. 그래서 나는 매 순간 나를 돌아보며 그 균열들을 찾아본다. 사실 여부를 객관적으로 보고 점검해 보는 것이다.

나는 말 그대로 팩트를 가지고 나를 다그친다. 내가 경기에서 만족할 만한 역할을 못 했거나, 어려운 상황에 투입되면서 두려워질 때가 있다. 그러면 나는 나에게 이렇게 말하기도 한다.

"스트레스 안 받고 돈 받는 줄 알았어?"

사람들이 내게 기대하는 수준을 만족시켜야 한다는 압박감은 언제나 괴로운 것이 사실이지만, 기대하는 수준 때문에 연봉이 높은 것도 사실이다. 내가 누리는 것을 외면하면서 스트레스 받는 것에 대해서만 투덜거릴 수는 없으니 말이다.

자신에게 하는 팩트 폭력에 익숙해지면 또 다른 이점도 있다. 다른 사람들이 하는 말들에는 별로 흔들리지 않는다는 것이다. 이미 내가 나에 대해 사실 여부를 놓고 냉철하게 돌아보았다면, 누군가 내 모습의 단면만 보고 비판한다고 해서 흔들리지 않는다. 사람들은 때로 너무 많은 말들 때문에 자신감을 잃거나 헷갈릴 때가 있다. 그러나 자신이 세운 기준이 명확하고, 어떤 길을 가고 있는지 확실하게 인지하고 있다면 다른 사람들의 말에 방향을 혼동하는 일은 없을 것이다.

결국 내 강철 멘털의 비결은 이것이다. 세상에서 가장 강한 상대를 내 마음 안에 두고 경쟁하는 것. 내가 목표하는 나 자신이 될 때까지 배구 선수의 길을 걸어가는 나는 흔들리지 않을 것이다.

터키 생활
적응기

_ 이렇게 지내요

터키 생활에 익숙해지자 일상에도 여러 즐거움이 생겼다. 수년을 함께하면서 처음에는 친해지기 어려웠던 동료들과 돈독한 사이가 되었고, 눈빛만 보아도 서로의 기분을 알 정도가 되었다. 고된 훈련이 끝나면 우리는 일을 마친 회사원처럼 하루의 스트레스를 해소하는 시간을 보냈다. 체육관 근처에 있는 단골 초밥 집에 가거나, 시내로 나가 맛있는 음식을 사 먹었다. 휴일이면 함께 쇼핑을 다니거나 매니큐어를 칠하면서 이야기꽃을 피우기도 했다. 각자 다른 국적을 가지고 있었지만, 여느 친구들과 다를 것 없는 시간을 보냈다.

혼자 집에 있을 때도 한국에서 하던 그대로였다. 청소를 하며 집안일을 하거나 하루 종일 소파 위에 나무늘보처럼 늘어져 한국 드라마를 보았다. 아무것도 하고 싶지 않을 때는 아무것도 하지 않았고 어쩐지 심심한 날에는 밖으로 나가 산책을 즐기고, 평소 마음에 두었던 물건을 쇼핑하기도 했다.

나는 외모 관리에도 신경을 쓰는 편인데, 특히 머리를 하러 미용실에 가는 것을 좋아한다. 터키에 처음 왔을 때도 제일 먼저 괜찮은 미용실을 알아보고 머리를 하러 갔다. 한국과 방법이 다를 거라고 예상은 했지만 직접 가본 적은 없던 터였다. 호기심을 안고 미용실에 들어가니 미용사가 자리를 찾아 나를 안내해주었다. 그리고 내가 원하는 헤어스타일에 대해 듣고서 비닐봉지를 가져와 내 목에 씌웠다. 시작부터 한국과는 다른 방식에 놀랐지만, 나는 시술이 끝날 때까지 잠자코 미용사의 손끝만 바라보았다. 그때 나는 염색을 했는데 약을 씻어내고 머리를 감고 나자 걱정과 달리 내가 원하는 대로 색이 잘 나왔다. 그런데 몇 번이고 그런 방식을 반복하며 염색을 하고 나니 머릿결이 상해서 터키 미용실에 잘 가지 않게 되었다. 게다가 터키 시즌 중에는 워낙 정신이 없어 미용실에 갈 여유를 갖기도 어려웠다.

터키에서 가장 신나게 놀 기회는 우승을 차지했을 때다. 그때는 시즌이 진행되는 동안 쌓여있던 스트레스와 피로를 모두 날려버릴 수 있을 만큼 즐거운 시간을 보낸다. 팀에서 함께한 동료들은 누구 하나

빠지지 않고 모두 파티에 참여한다. 몇 달 내내 이어지던 긴장이 풀리는 동시에 우리는 그간의 고생을 너무 잘 알고 있는 서로에게 축하를 건넨다. 치열하게 싸워온 시간들이 값진 결과로 이어진 기분은 이루 말할 수 없을 만큼 행복하다.

내가 이렇게 무사히 적응을 마치고 실력을 보일 수 있었던 이유가 오로지 나에게만 있지 않다는 걸 잘 알고 있다. 그래서 절친한 동료들을 비롯해 터키에서 만난 사람들에게 늘 고마운 마음이다. 나에게 터키는 애정이 가득한 땅이자 제2의 고향이다. 앞으로 어디를 가더라도 터키에서 보낸 여정은 마음속에 영원히 남아 있을 것이다.

터키에서는 배구가 대중적으로 인기 있는 스포츠라서 중요한 경기에는 언제나 관중석이 가득하다. 터키 리그에서 활동을 하는 동안 경기 때마다 쏟아지는 관심을 느꼈고, 경기장을 가득 메우는 응원가를 들으며 힘을 냈다. 터키 리그에서 문제가 생기는 경우라면 오히려 사랑이 넘칠 때였다.

배구 팀이 오랜 세월 이어져온 터키 리그에는 상징적인 라이벌 팀들이 있다. 내가 소속된 페네르바체도 마찬가지였는데, 라이벌인 팀과 경기를 하다 보면 응원 열기가 뜨겁다 못해 과열되는 경우가 생긴다. 어느 정도냐면 경쟁적인 응원이 지나쳐 분위기가 험악해지고, 이로 인해 경기가 중단되는 사태까지 일어난다. 그러면 선수들은 상황을 진정시키기 위해 흐름을 끊고 불가피하게 코트를 벗어날 수밖에 없다.

처음 이 일을 겪었을 때는 정말 놀랐다. 보통 축구 경기 중에 경기가 중단되는 일이 있다고 들었지만, 배구를 하면서 경험하리라고는 예상하지 못했기 때문이다. 그러나 시간이 흐르면서 터키 사람들이 배구에 대한 애착이 얼마나 큰지 알게 되었고, 열의 또한 굉장하다는 것을 알게 되었다.

이제는 이런 문화에도 익숙해져서 새로 들어온 동료 선수들에게 상황을 설명해주는 여유도 생겼다. 물론 코트 위에서 과열된 열기를 느끼는 것은 상상 그 이상이다. 그러나 그만큼 온힘을 다해 배구를 지켜보고 사랑해주신다고 생각하면, 더 잘해야겠다는 생각뿐이다.

터키에 적응한 이후 체력을 철저히 관리한다고 해왔지만 가끔 힘에 부칠 때가 있다. 시즌 중반을 넘어가면 계속해서 이어지는 경기에 한결같은 경기력을 보여주기 어려워진다. 수많은 상대 팀을 만나서 시원하게 흐름을 이끌고 이기는 경기도 있지만, 고전을 거듭하다가 지는 경기도 있다. 상황이 좋지 않게 끝나고 고질적인 부상 부위에 무리가 오면, 심리적으로 지치고 극심한 스트레스를 받는다.

나에게는 이런 순간에 내 곁에 날아와 에너지를 충전해주는 고마운 존재가 있다. 바로 나의 가족이다. 특히 엄마가 오면 항상 그리워하던 한국 음식들로 이루어진 진수성찬이 차려진다. 타지에서 견디는 일이 아무리 힘들어도 얼큰하고 시원한 찌개가 입안으로 넘어가면 힘이 솟는다. 엄마는 음식은 물론이고, 내가 경기에 집중할 수 있도록 여러 가지로 신경을 써준다. 이제 나도 서른이 되었는데 아직도 엄마 손길에 그저 기분이 좋아지고 힘이 나는 걸 보니 철이 덜 들었는지도 모르겠다.

_ 언어의 달인?

페네르바체로 이적한 이후 나는 영어와 터키어를 배울 필요가 있었다. 팀 안에는 여러 나라 선수들이 있어 세계 공용어인 영어로 대화를 나누었고, 체육관을 나서면 무조건 터키어를 써야 했기 때문이었다. 나로서는 난생처음 보는 터키어와 처음 보는 수준과 다르지 않은 영어를 동시에 배워야 하는 셈이었다.

대부분의 한국 사람에게 영어는 가장 친숙한 외국어일지도 모르겠다. 그러나 나에게 영어는 어릴 때 학원을 다니며 알파벳을 배우던 희미한 기억이 마지막이다. 내 수준은 먹다, 자다, 걷다 등의 기본 단어 말고는 모르는 상태였기 때문에 중학교 수준의 영어단어를 외우는 것부터 시작했다. 터키어는 어떤 식으로 공부해야 할지 아예 감이 안 잡히는 상태여서 통역사 선생님에게 과외를 받았다. 나는 공부를 하러 터키에 유학 온 것이 아니었으므로 문법과 작문보다 회화에 집중했다. 정확하게 글자를 쓸 수는 없더라도 무슨 말을 하는지 알아듣고, 바로 대답할 필요가 있었다. 그래서 단기간에 언어 실력을 끌어올리기 위해 내가 선택한 방법은 바로바로 써먹기였다.

기회가 있을 때마다 나는 배운 단어를 써가며 대화를 시도했다. 이상하게도 언어는 듣기만 하면 금세 잊어버렸지만, 직접 입으로 소리 내고 발음해서 상대방에게 전달하고 나면 쉽게 잊히지 않았다. 한 번 쓸 때마다 기억에 남는 기간이 늘어난다고 생각하고, 최대한 입을 많이 열었다. 사실 처음에는 낯선 언어를 사용하다 보니 발음이 이상하거나 상황에 맞지 않을까 봐 잔뜩 걱정을 했다. 그런데 곰곰이 생각해보니 갑자기 터키어와 영어를 잘하는 게 더 말이 안 된다는 생각이 들었다.

'처음이니까 당연히 잘 모를 수도 있고 실수할 수도 있다.'

나는 주저하며 말을 삼키는 것보다 손짓 발짓을 보태서라도 무조건 말을 하기로 했다.

예를 들어보면, 눈앞에 보이는 음료를 마실 때도 꼭 이것이 어떤 음료인지 물어보고 마셨다. 그냥 마셔보면 알 수 있는 것이었지만, 한 번이라도 더 말을 하기 위한 나름의 방법이었다. 나는 어떤 면에서 언어가 운동과 비슷하다고 느꼈는데, 특히 배운 것을 반복해서 사용하면 사용할수록 실력이 늘어난다는 점이 그랬다. 머릿속에서 이론을 아무리 자세히 알고 있어도 한 번도 사용해보지 않았다면 진정한 의미의 언어를 알고 있는 것이 아니다. 언어는 이야기를 듣고 의견을 전달하고, 이를 통해 사람과 사람 사이의 생각을 이어줄 때 진가를 발휘한다.

기회가 있을 때마다 언어를 쓰는 것을 가장 빠른 방법으로 여긴 덕분에 내 말을 듣는 동료들은 웃음을 터뜨리는 일이 많았다. 그러나 웃고 나서는 어떻게 발음해야 하는지 친절하게 설명해주었다. 나로서는 동료들에게 웃음도 주고, 내 언어 실력도 늘리고 일석이조인 셈이었다.

터키에서 6년 동안 활동한 지금은 영어와 터키어 모두 간단한 대화를 나눌 수 있는 수준이 되었다. 필요한 말을 알아듣고, 하고 싶은 말을 하자는 목표를 달성한 것이다. 게다가 브라질 선수와 친해진 덕분에 아주 기본적인 포르투갈어도 할 수 있게 되었다. 그녀와 대화를 할 때면 영어와 한국어와 포르투갈어가 마구 뒤섞이는 진풍경이 연출되기도 하지만, 우리가 우정을 나누는 데는 전혀 문제가 없다. 그러니 나에게 언어에 대해 묻는다면 이렇게 대답해주고 싶다. 필요하면 배우게 되어 있고, 입 밖으로 뱉을수록 느는 것이 언어라고.

가보자 연경아,
경기 시작이다!

_ 살아남기 위한 특별한 전략

터키 무대는 내가 기대하던 곳 그 이상이었다. 일본에서 바로
이적한 나는 배구 선수로서의 전략을 유럽 리그에 맞추어 발전시키지
않으면 살아남기 어렵겠다는 생각이 들었다. 우선 유럽 리그에서는
나의 신장이 큰 장점이 되지 않았다. 일본 선수들은 정확한 배구를
구사하지만 평균 신장은 크지 않아서 타격 높이를 활용한 공격을 하면
확실한 이점이 있었다. 그러나 유럽에서는 신장이 큰 것은 물론이고
최적의 체격 조건을 가진 선수들이 많았다. 타고난 신체 조건이 기본

사항에 불과해지니까 개인 실력을 키우지 않으면 금세 밀려날 수밖에 없는 상황이었다.

전체적으로 발전해야 할 부분들이 많았다. 첫 단추는 좋은 피지컬을 만드는 것이었다. 실력을 발전시킬 때 체력이 받쳐주지 않으면 큰 효과를 보지 못하기 때문이다. 그래서 웨이트를 강하게 늘려가면서 체력 보강에 집중했다. 이와 발맞추어 머리로는 나만의 기술 전략을 찾아야 했다. 공격수들이 모두 비슷한 실력과 신상을 갖추고 있었으므로, 내가 우위를 차지하기 위해서는 무엇을 해야 할지 고민이었다. 나는 유럽 리그 경기를 보면서 내가 마주쳐야 할 선수들을 관찰하고 공격과 수비에 대한 연구를 했다. 그들은 타격 높이가 높고 압도적인 스파이크를 보여주지만 대체적으로 폼 방향 그대로 스파이크를 때렸다. 그래서 내가 보기에 공격방향이나 의도를 쉽게 파악 할 수 있었다. 따라서 내가 경기장에서 그들과 같이 경기를 할 때는 공이 날아가는 방향에 변화를 주어 상대 수비를 헷갈리게 해야겠다는 생각이 들었다. 또한 나는 그들보다 리시브가 강했다. 이 두 가지를 살려 나만의 전략을 짠다면 충분히 승산이 있을 것 같았다.

시즌이 시작되면서 나는 생각해둔 아이디어를 직접 몸으로 실천해보기로 했다. 비슷한 점프 높이를 유지하면서 공을 타격하는 방향이 몸의 방향과 다르게 꺾어서 스파이크를 때렸다. 1초도 되지 않는 순간적인 판단에 따라 방향을 잡아야 하는 상대 수비들은 당황하기 시작했다. 자세와 공의 방향이 정확하게 예측이 되지 않았기 때문에

공은 틈새를 파고들었고, 곧바로 바닥에 내리꽂히며 득점으로
이어졌다. 계속되는 예상 밖 방향으로 이어지는 공격에 상대 팀은 속수
무책이었다. 거기다 공격 속도까지 올리기 시작하자 나는 순식간에
경기 흐름을 가져올 수 있는 선수가 되었다. 처음 터키에 왔을 때만
해도 신장이 큰 선수들 중에는 지금처럼 견고한 수비력을 겸비한
선수가 많이 없어서 나는 예상보다 더 빠른 속도로 코트 위에서 두각을
나타냈다. 고민한 방향이 맞았다는 확신이 들자 나는 날개를 단 것처럼
경기장을 누비기 시작했다.

"와아아아아! 킴! 킴! 킴!"

'탕' 하는 소리와 함께 상대 팀 코트에 공이 떨어질 때면, 관중석
에서는 경기장이 떠나갈 듯 응원 소리가 이어졌다. 내 이름인 김연경을
가지고 만든 응원 구호였다. 일본 배구에 익숙한 내가 터키에서 적응
하고 활약을 보이는 데까지는 불과 한 시즌도 걸리지 않았다. 그때 나는
기본이 갖춰지면 세계 어디서라도 통한다는 사실을 몸소 깨달았다.

최근에는 상대 선수들이 내 스타일을 나보다 더 자세히 꿰고 있는 것
같다. 지금은 높은 타격점에서도 방향을 조절하며 공격하는 선수들이
많아졌기 때문이다. 그래서 이제는 나도 새로운 지점으로 또다시 발전
해야 한다고 생각한다.

어느 분야든 한 분야에 완전한 정복이나 끝은 없는 것 같다. 단순해
보일지도 모르겠지만, 운동도 마찬가지다. 세계에서 손꼽히는 선수
들이 모여 있을 때는 기본 실력과 체격 조건은 겨우 종이 한 장 차이

라서 이들 속에서 살아남으려면 특별한 전략을 짜야 한다. 정상으로 가기 위해 끊임없는 연구가 필요한 셈이다. 세상은 가만히 멈춰서서 기다려주지 않으며, 치열한 싸움은 보이지 않는 곳에서도 계속되고 있다. 나만의 강점을 갖기 위해 찾은 기술들이 이제는 다른 선수들의 기본 전략이 된 것처럼 말이다. 정상에 오르는 것도 힘든 일이지만, 정상에서 내려오지 않고 버티는 것은 그야말로 피나는 노력이 필요하다. 그러나 나는 이조차 정상에 서는 대가라 생각하고 즐기려고 한다. 나를 응원해주는 팬들에게 현역 배구 선수로서 은퇴하는 순간까지 최고의 모습으로 기억되고 싶기 때문이다.

_ 압박감을 이기는 방법

배구 선수로서 내가 숙명처럼 받아들여야 할 것이 있다면, 모든 경기에는 승패가 있다는 사실이다. 경기를 하는 선수로서 당연한 것이지만 이것은 언제나 내 어깨에 걸쳐 있는 무거운 짐이기도 하다. 오랫동안 활동해왔기 때문에 이제는 이런저런 이야기에 감흥이 없을 거라고 생각할지 모르겠지만, 사실 그렇지 않다. 예전에나 지금이나 경기를 앞두고 있으면, 신경이 예민해지고 온몸의 감각이 곤두선다. 활동을 오래 했기 때문에 최근에는 경기 결과가 안 좋으면 기사에 전성기가 끝났다는 말이 나올 때도 있다. 내가 현역 선수로서 어린 나이가 아니다 보니 경기에서 활약이 좋지 않을 때 그 점을 이유로 드는 것 같다. 그런데 재미있는 것은 그 이후에 다시 보란 듯이 경기를 승리로 이끌고 나면 다시 연경신이라는 기사가 나온다. 분명 며칠 전만 해도 전성기가 끝난 선수였는데 다시 배구신이라도 된 것처럼 득점을 올리는 선수가 되는 것이다. 물론 경기 내용에 따라 평가는 다를 수 있지만, 내 입장에서는 그 차이가 커도 너무 크게 느껴진다.

터키 리그에서 활동하는 동안에는 언제나 정상에 있었다. 페네르바체를 우승으로 이끌었을 뿐만 아니라, 선수 개인으로서는 MVP도 수상했다. 리그는 일종의 긴 여정이고, 한 경기만으로 많은 것을 판단할 수는 없다고 생각한다. 물론 아주 일부에 불과하지만, 한 경기만 가지고 은퇴를 운운하는 기사를 읽으면 나도 모르게 투덜거리게 된다. 이제 기량이 떨어져서 예전만 못하다는 말을 들으면, 나도 확 묻고 싶어지는 것이 있다. "그래요 나 전성기 끝났어요, 어쩔래요?" 하고 말이다. 나 스스로 생각했을 때 아직 끝이 아니다.

나는 기계가 아니다. 한창 체력이 좋을 때도 있었고 지치지 않고 뛸 때도 있었지만 지금은 체력이 아닌 다른 장점으로 경기를 풀어간다. 언제까지 돌멩이를 씹어 먹을 듯이 뛸 수는 없다고 생각하기 때문에 나만의 방식으로 길을 찾으며 팬들에게 좋은 모습을 보이려고 노력한다. 나는 배구신이 아니다. 이 때문에 모든 경기를 지배할 수는 없다. 나는 그저 내 앞에 놓인 경기 하나하나를 마주하고 죽을힘을 다해 노력하는 한 명의 배구 선수일 뿐이다. 바람이 있다면, 결과만 두고 섣부른 판단을 하기보다 과정 자체를 지켜봐주었으면 좋겠다.

압박감은 나에게도 쉽지 않은 상대다. 압박감에 감정을 뺏기다 보면 그것은 언덕을 굴러 내려오는 눈덩이처럼 자꾸 커지기만 한다.

'이런 상황에서 들어가면 이걸 해내야 하는데 할 수 있을까? 못하면 어쩌지?'

'흐름이 자꾸 끊어지네. 이번에 지면 반응이 안 좋을 텐데 어쩌지?'

머릿속을 가득 채울 정도로 커진 두려움은 부정적인 생각을 불러온다. 이렇게 계속 걱정을 하면 겁에 질린 사람처럼 몸이 굳어지고 자신감을 잃는다. 그러면 결국 경기에서도 내가 가진 것조차 제대로 보여주지 못하게 된다.

경기에 나서는 나의 마음을 누구도 완전히 이해할 수 없다는 것을 알고 있다. 내가 힘든 감정을 토로한다면 위로는 받을 수 있겠지만, 나를 대신할 사람을 찾을 수는 없을 것이다. 마치 내가 다른 사람의 어려움을 대신 해결해줄 수 없는 것처럼 말이다.

'감독님, 저 압박감 때문에 더 이상 경기 못 하겠어요. 오늘 컨디션 안 좋으니까 이만 코트 밖으로 나갈래요.'

두려워지는 순간이 온다고 해서 저런 말을 내뱉고 도망갈 수도 없다. 프로라면 주어진 일에 책임을 다하고, 어떤 상황에서도 제 몫을 해내야 한다고 생각하기 때문이다. 그래서 나는 압박감을 이겨내기 위해 상황의 다른 면에 집중하는 방법을 선택했다.

압박감이 크다는 것은 그만큼 사람들의 기대가 많다는 것이다.

그리고 기대가 많은 선수라는 것은 다른 선수들보다 주목을 받고 있다는 말이기도 하다. 경기의 승패에 상관없이 말이다. 그러나 알다시피 한 명의 힘으로 승패를 가를 수 있는 배구 경기는 없다. 경기에 이겼을 경우 팀원들 모두에게 공이 있지만 단지 주목을 받다 보니 칭찬을 몰아 듣는 것뿐이다. 그래서 나는 부담도 내가 지고 가야 할 몫이라 생각하고 대수롭지 않게 받아들이려고 노력한다. 억지로 떨쳐내려고 하면서 힘들어하기보다 마음 한구석에 그냥 두는 것이다. 그 대신 나는 나에게 힘차게 말한다.

"자, 가보자 연경아. 경기 시작이다!"

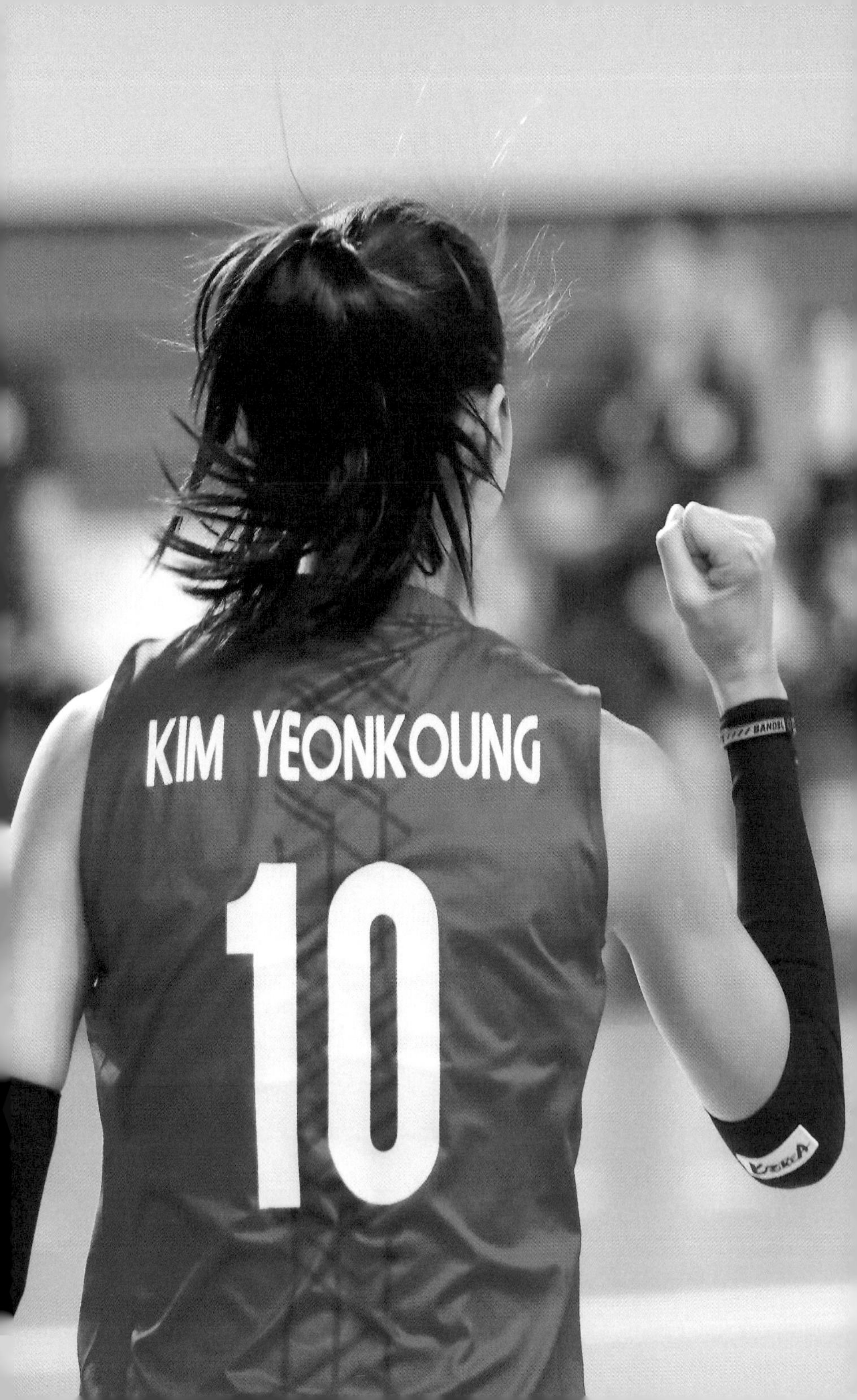
KIM YEONKOUNG
10

경기는
계속된다

_ 짜릿한 역전승

터키 이스탄불 부르한 펠렉에서 열린 2016~2017시즌 터키 여자 프로 배구 리그 준결승 2차전 경기에서, 우리 팀은 코너에 몰리고 있었다.

'여기서 끝일지도 몰라. 이번엔 정말 지는 경기가 될 거 같아.'

모두 거친 호흡을 몰아쉬며 정신을 집중했지만, 흐름이 넘어가는 것을 막을 수는 없었다. 더 이상 체력적으로도 버티기 어려운 상황이었고, 관중들도 체념하는 분위기였다.

1차전 경기에서 0-3으로 패배했기 때문에 여기서 승리하지 않으면 준결승에서 떨어지는 상황이었다. 결승에 진출하느냐, 아니면 긴 여정을 마치느냐, 모든 것이 이 경기 하나에 달려 있었다. 게다가 3-0이나 3-1로 이겨야 하는 까다로운 상황. 우리는 얼마나 중요하고 어려운 경기인지 알았기에 더욱 힘거운 싸움을 해야 했다.

1세트를 내주고 2세트부터 반격을 시작했지만, 골든 세트에서 뒤처지며 결승행 좌절을 예감하는 순간이었다. 그때 로테이션으로 전위로 들어온 우리 팀 주장이었던 에다가 코트 앞으로 들어왔다. 하얀 선을 넘어오는 에다의 눈빛이 예사롭지 않았다.

들어오자마자 에다는 블로킹을 하며 기회를 만들기 시작했고, 나는 그 기회를 놓치지 않고 파고들어 공격을 퍼부었다. 예상하지 못한 시점에 연이어 득점을 내자 상대 선수들의 얼굴에는 미묘한 불안감이 번졌다. 상대 팀 입장에서는 다 이긴 경기를 넘겨줄지도 모르는 상황이었기 때문이다. 듀스까지 점수 차가 좁혀들자 에다는 단호한 목소리로 나에게 말했다.

"연경, 우리는 해낼 수 있어. 내가 블로킹을 할 테니 너는 공격 득점을 올려줘."

진지하게 말하는 에다의 얼굴에서 이기고 말겠다는 의지가 엿보였다. 순간 나는 '정말 이길 수 있지 않을까?' 하는 희망을 품었다. 에다의 말이 제멋대로 번역되어 귓가를 파고들었다.

"내가 다 막아줄 테니까 마음껏 공격해! 판세를 뒤집어보자!"

에다는 상대를 향해 자세를 잡고 두 다리에 힘을 실었다. 나는 까짓것 경기가 끝나기 전에 마음껏 공격이나 하자는 심정으로 크게 숨을 들이마셨다. 뜨겁게 달아오른 경기장 공기가 온몸으로 스며드는 듯했다.

상대 팀은 수비에 열을 올리며 방어에 힘을 실었다. 그러나 그럴수록 나는 틈새를 파고들어 흐름을 바꿔야겠다고 생각했다. 첫 공격을 성공시킨 후 이어진 연속 공격으로 3점을 가져오며 주먹을 불끈 쥐었다. 동료들의 얼굴에 화색이 돌았다. 커다란 점수 차이로 앞서 가던 상대 팀의 표정은 어느새 딱딱하게 굳어져 있었다. 배구공 하나에 수많은 관중의 시선이 몰려있는 것을 느끼며 나는 호흡을 가다 듬었다. 마지막으로 날려보낸 공이 상대 팀 코트 안에 내리꽂히는 순간 경기장에는 커다란 함성이 울려 퍼졌다. 드라마 같은 결승행이 확정되자 우리는 서로를 얼싸안고 기쁨에 겨워 소리를 질렀다. 짜릿한 역전승이었다.

_ 정해진 승패는 없다

시즌 막바지에 이를 때면 늘 힘겨운 싸움을 하게 된다. 고질적인 부상은 심해지고, 어느 누구도 좋은 컨디션이 아니며, 상대 팀 모두 특성을 파악하다 못해 줄줄이 외우고도 남는 상황에서 경기를 치르기 때문이다. 준결승부터는 자신의 팀보다 상대 선수들에 대해 기술적으로 더 많이 알고 있다고 해도 과언이 아닐 정도다. 그래서 승패에 직접적으로 연결되는 거의 모든 요소를 알고 있는 상대 팀을 꺾고, 결승을 향해 가는 일은 정말 보통 일이 아니다. 이럴 때에 승패를 바꾸는 변수가 있다면 그것은 오직 정신력뿐이다.

보통 스포츠에서 정신력 싸움은 투지라는 말로 설명한다. 싸우고자 하는 굳센 마음. 그런데 생각해보면 처음부터 잘 풀린 경기에는 투지라는 말을 잘 사용하지 않는다. 투지가 불타올랐다는 이야기가 나오는 경우는 점수 차이가 벌어지고 누가 봐도 어려운 상황이었을 때, 그러니까 이성적으로 따져보아도 질 확률이 높은데도 끝까지 포기하지 않고 치열하게 싸운 경기다. 또 승패에 상관없이 코트 밖으로 나오기 전까지 온힘을 다해 싸운 선수에게 보내는 찬사이기도 하다.

스포츠 경기도 일종의 드라마이기에 역전승을 거둘 때 관중들은 가장 짜릿하고 재미있어 한다. 그러나 솔직히 말하면 선수 입장에서는 쉽게 이기는 것이 좋지 끝까지 이어지다 역전 하는 것은 체력적으로도 심리적으로도 힘든 일이다. 물론 역전승을 하는 순간의 기쁨은 이루 말할 수 없다. 정신력 하나로 결과를 바꾸었다는 사실이 정말 놀랍게 느껴지기 때문이다.

나는 형세를 뒤집는다는 뜻의 역전이 인생에도 있다고 생각한다. 예전에 영화 〈비긴 어게인〉을 인상 깊게 본 적이 있다. 영화에서 데이브는 가수로 성공한 이후 연인 그레타에 대한 마음이 변하게 되고 그녀에게 상처를 준다. 처음에는 성공을 거둔 이후 변해버린

데이브의 모습에 주변 사람들이 상처받는 모습을 보면서 어떤 상황이 되더라도 한결같은 사람이 되어야 한다는 생각만 했다. 그러나 곰곰이 영화 내용을 곱씹어보고 나서는 그레타의 역전이 멋있고 인상 깊게 다가왔다. 그레타는 연인이 준 상처에 고통스러워하지만 처지를 비관하며 그대로 주저앉지 않았다. 괴로우면 괴로운 대로 아프면 아픈 대로 느끼면서 자신만의 길을 간다. 그레타는 진심이 담긴 곡들을 써 내려가면서 진정한 예술을 하며 성숙해진다. 그레타와 우연히 만난 후 아픔을 공감했던 댄 또한 마찬가지다. 댄은 아내의 외도에 상처를 받았지만, 그 상처를 딛고 역전을 이루었다. 고통스러운 감정을 충동적으로 자신을 해하는데 사용한 것이 아니라 절망을 딛고 일어서는 힘으로 삼은 것이다.

역전이 그렇다. 역전은 유리한 상황에서 이루어지는 것이 아니다. 이제 끝났다는 절망스러운 순간에 투지를 가지고 싸웠을 때 선물처럼 일어나는 일이다. 그래서 나는 인생을 살면서 힘든 순간이 온다면 역전을 노리며 투지를 가지라고 말하고 싶다. 〈비긴 어게인〉에서 그레타와 댄은 무기력한 상태로 고통 속에 가라앉지 않았다. 마음이 아프다고 하소연하고, 밤거리를 헤매고, 고뇌하고 악다구니하면서도 무엇이든 하기 위해 몸부림을 쳤다.

만약 걸어가던 길이 막다른 길에 부딪치고 더 이상 이길 수 없는 싸움이라는 생각이 들어도 무기력하게 가만히 서 있지는 말아야 한다. '계속 해봐야 볼 것도 없이 진 싸움이니 그냥 나갈게요' 하고 코트를 나가버리는 선수는 없지 않은가. 경기가 끝날 때까지 우리는 우리가 마주한 승부에 최선을 다해야 한다.

인생은 계속되는 경기와 같다. 그러니 연이은 실점을 하거나 1세트를 잃었다고 주저앉지 말자. 누구에게도 정해진 승패가 없으니 가만히 있다는 것 자체가 포기하는 것이다. 완벽한 계획이 아니더라도 마음 가는 대로 시도하고 도전해보길 바란다. 어떤 일이든지 직접 몸으로 움직이고 경험해보는 것은 예상보다 훨씬 많은 것을 가져다준다. 아무것도 안 하고 백기를 드는 것은 가장 어리석은 일이다. 그것은 구덩이에 빠졌는데 이대로 있겠다고, 더 들어갈 거라고 말하는 것과 다르지 않다. 내일 일은 아무도 모른다. 그래서 미래는 불안하지만, 그래서 역전할 수 있는 수많은 가능성으로 가득하다. 정신을 집중하고 호흡을 가다듬고 역전을 노려라. 숨을 쉬고 있는 이 순간에도 인생이라는 경기는 계속 진행 중이다.

_ 배구 인생 제 2막

배구 선수가 되지 않았다면, 지금쯤 나는 어떤 일을 하며 살아가고 있을까? 아마 전기 기술자나 미용사 혹은 목수처럼 기술을 배워 전문직으로 살아갔을 것 같다. 나는 두 손으로 직접 일을 하고 땀 흘린 만큼 정직한 결과가 나오는 일에 매력을 느낀다. 그래서 배구 선수가 아닌 나를 상상해본다면 어떤 방식으로든 손을 쓰는 일을 하고 있는 내 모습이 그려진다.

현역에서 은퇴한다면, 가장 먼저 스키를 타고 싶다. 지금은 부상 위험 때문에 즐기지 못하지만 선수의 책임이 끝난다면, 하얀 눈으로 덮인 설원을 마음껏 달려보고 싶다. 비행기를 타고 하늘 높이 올라가 스카이다이빙도 하고 싶다. 사방에 아무것도 걸릴 것이 없는 허공으로 뛰어내려 자유롭게 날아보는 일. 상상만 해도 온몸을 지나 통과하는 바람이 느껴진다. 또 마음 가는 대로 훌쩍 여행을 떠나는 순간을 떠올려보기도 한다. 세계 여러 나라의 아름다운 풍경을 보면서, 맛있는 음식을 맛보고 여유를 누리는 날들을 머릿속에 그려본다. 이외에도 나에게는 이루고 싶은 버킷리스트가 많이 있다. 현역 선수로서 가졌던 긴장감을 내려놓는 날이 오면, 그때는 오로지 나를 위해 시간을 보내보고 싶다. 나중으로 미뤄둔 일들을 실컷 하고 나면, 그 이후에는 본격적으로 배구 인생 2막을 준비할 것이다.

배구 인생 2막을 생각하면 제일 먼저 떠오르는 일이 한 가지 있다. 2017년 1월 30일 스위스 로잔에서 열린 FIVB(Federation Internationale de Volleyball; 국제배구연맹) 첫 회의에 참석했던 나는 선수위원회 설립 이후 만들어진 10인의 선수 명단에 들었다. 이곳은 그야말로 세계 배구 발전을 위해 모든 일을 하는 곳인데 10인의 선수는 배구에서 전설로 꼽히는 선수들이며, 나 또한 현역 선수로서 합류하게 되어 무척이나 영광이었다.

"운동선수는 스포츠의 별이다. 당신들의 목소리를 통해 플랫폼을 만들고 있다. 전 세계 혹은 각 국가와 관련된 당신들의 경험과 지식을 말해주길 바란다."

FIVB 아리 그라차 회장은 선수들의 경험이 배구계를 실질적으로 발전시키는 데에 가장 큰 자산이 된다고 말했다. 그래서 나도 선수 위원회에 적극적으로 참여하여 배구를 발전시키고 싶다는 바람을 현실로 만드는 데 보탬이 되고 싶다.

이제 시작이지만 이곳에서 다루는 주제들은 실질적이고 다양하다. 경기장에서 활동하는 선수들에 대한 법체계와 행정 구조까지 논의한다. 그래서 나는 회의에 가서 평소 느낀 생각이나 발전 방향을 이야기하고, 세계적인 선수들과 열정적으로 의견을 교류한다. 나는 이런 활동들이 앞으로 배구인으로서 제2막을 열어가고 싶은 나의 꿈에도 가장 직접적으로 이어져 있다고 생각한다. 그래서 시간이 지난 후 이 모든 노력이 한국 배구계를 발전시키는 결과로 이어지는 날이 온다면 더 이상 바랄 것이 없다.

내가 바라는 배구 인생 2막은 배구 선수로서 받은 사랑을 보답하는 것이다. 가장 하고 싶은 일은 이제까지 경험한 것을 바탕으로 유소년 배구를 발전시키는 것이다. 나는 오래전부터 유소년 시스템에 관심이 많았다. 아직은 여러 아이디어와 계획을 세워두고 시작하는 단계지만, 은퇴 이후라면 본격적으로 시스템을 운영하고 실행에 옮길 수 있을 거라고 기대한다.

터키의 경우에는 오랜 세월 이어진 명문 스포츠클럽이 많아 어릴 때부터 다양한 운동을 접해볼 수 있는 기회가 많다. 5~6세부터라면 누구든지 하고 싶은 운동을 배울 수 있으며, 홍미가 같은 아이들끼리 모여 함께 팀을 이루어 즐길 수도 있다. 그러나 우리나라에서는 체육을 크게 중요시하지 않는 경향이 있다. 어릴 때부터 운동을 할 수 있는 시간이 방과 후 교실이나 교과목 시간 외에는 거의 없다. 그마저도 고등학생이 되면 대부분 그 시간을 공부하는 데 할애한다.

배구뿐만 아니라 운동은 종목마다 다양한 매력을 가지고 있다. 건강은 물론이고 함께하는 법을 배울 수 있는 최적의 활동이기도 하다. 당연한 소리겠지만, 아이들마다 성향이 다르고 성격도 다른데 공부 하나에만 매진하는 교육은 문제가 있다고 생각한다. 공부를 하면서도 친구들과 교류하고 소통하는 스포츠를 통해 배울 수 있는 것이 정말 많기 때문이다.

터키 리그에서 활동하는 동안 나는 학교에서 초청을 받아 배구 훈련을 보러 간 적이 있었다. 그때 나는 한국에 있는 아이들도 이렇게 즐겁게 운동할 수 있는 기회를 접하면 얼마나 좋을까 생각했다. 그리고 그 마음은 시간이 흐르면서 유소년 시스템에 대한 관심으로 점점 발전해갔다.

_ 배구를 위해 살고 싶다

배구 지도는 선수로서의 활동과 다르기 때문에 그 길을 걷는다면 나는 새로운 준비를 해야 할 것이다. 그래서 준비의 한 방법으로 나중에는 배구를 이론적으로 배우기 위해 미국으로 유학을 가고 싶은 바람도 있다. 앞으로도 선수로서 활동할 시간이 많이 남아 있기 때문에 어느 것도 장담할 수는 없지만, 미래를 그려볼 때 떠오르는 일이라는 것은 분명하다.

미국 배구는 대학 리그가 유명하다. 그래서 배구에 대한 공부를 하다보면 미국 대학교 코치나 지도자로 가볼 수도 있는 기회가 있지 않을까 하는 생각도 해봤다. 이론이 겸비되면 한국으로 돌아와 프로 리그를 시작으로 지도자의 길을 걷고 싶다. 경험과 이론이 조화롭게 적용된다면, 한국 배구계에서 내가 할 수 있는 역할이 있을 거라고 생각한다.

나는 일본과 유럽 리그에서 배구를 경험했다. 선수로서 발로 뛰며 경기를 마주하는 것이 나무를 보는 것이라면, 전략을 짜고 팀을 지휘하는 것은 숲을 보는 일이다. 나는 선수로서 꿈꾸었던 것들을 대부분 이루었다. 그래서 앞으로는 배구 공부를 통해 시야를 더 넓히고 후배들을 이끌어주며 한국 배구계의 저변을 확대하는 데 기여하고 싶다.

어릴 때부터 나는 배구밖에 몰랐다. 지금도 내가 가장 잘하는 것은 배구이며, 배구는 이런 나에게 특별한 삶을 선물해주었다. 나에게 가장 소중한 시간은 코트 위에서 뛰고 있는 지금이지만, 코트에 서 있는 시간이 끝나더라도 남은 날들을 배구를 위해 살고 싶다.

한국 배구의 지존이자 기둥인 김연경 선수. 그는 선구자이자 리더이다. 배구선수로 해외에서 대한민국의 위상을 알리는 그의 지난 시간들은 화려하지만 외로움을 견뎌야 하는 시간이었을 것이다. 그리고 특히 태극마크를 달고 코트에서 펼치는 모습을 보며 아이들은 국가대표의 꿈을 갖게 하고 우리들은 기쁨과 뿌듯함을 얻었다.

박찬호 (전, 야구선수)

보면 볼수록, 알면 알수록 빨려 들어가는 블랙홀과도 같은 마성을 지닌 선수. 김연경 선수의 spotv 해설위원으로 사랑앓이에 풍덩 빠져 살았던 2016~2017시즌 고맙고 행복했다.

유애자 (한국배구연맹 경기위원)

김연경은 선수에게 필요한 신체적, 정신적인 면을 모두 갖추었고 공격과 수비 능력을 겸비한 이 시대 최고의 여자 배구 선수다. 게다가 동료를 아끼고 배구를 사랑하는 마음까지 훌륭한 선수다.

윤기영 (인스포코리아 대표)

코트 안에서 김연경의 스파이크는 전 세계를 두렵게 하지만 코트 밖에서 김연경의 인성은 많은 이들을 훈훈하게 만들어준다.

유승민 (IOC 선수위원)

김연경 배구는 유쾌하다!!

등번호 10번 김연경은 대한민국을 대표하는 최고의 별이다!!

신정희 (전, 대한체육회 부회장)

농구에서 승부를 짓는 마지막 슛을 넣어 줄 선수를 고른다면 누가 있을지 고민하겠지만 배구에서는 '김연경' 한명밖에 떠오르지 않는다.

양동근 (농구선수)

김연경 선수의 뛰어난 경기력은 코트 밖 인간관계에서도 느껴진다. 예의 바르면서도 유머러스한 그러면서도 솔직한 그녀는 경기장 밖에서도 충분히 매력적이다.

박경림 (방송인)

김연경 선수는 신체적 조건을 뛰어넘는 최고의 장점인 긍정적인 마음과 도전정신이 오늘날 월드스타를 만들기에 충분하다.

이상화 (KCC농구단 트레이너)

빛나는 포지션보다는 빈자리에 서슴없이 나서서 그 역할을 소화하려는 강한 의지와 실천이 현재의 세계적인 김연경 선수를 있게 했다. 솔직히 감독으로서 미안한 적도 있었다. 일상의 삶과 코트의 삶이 결코 분리가 아닌 하나라는 것을 보여준 선수이다.

김동열 (전, 원곡중학교 배구감독)

아직 끝이 아니다

1판 1쇄 발행 2017년 9월 15일

2판 1쇄 발행 2021년 3월 12일
2판 2쇄 발행 2021년 7월 30일
2판 3쇄 발행 2021년 8월 16일

2판 4쇄 발행 2021년 8월 20일
2판 5쇄 발행 2021년 8월 25일
2판 6쇄 발행 2021년 10월 5일 (리커버 양장판)
2판 7쇄 발행 2022년 1월 15일 (양장판 2쇄)
2판 8쇄 발행 2023년 6월 15일

지은이 김연경

발행인 김성룡
책임편집 원보람
교정 김은회
디자인 김민정
캘리그래피 강병인

펴낸곳 도서출판 가연
주소 서울시 마포구 월드컵북로 4길 77, 3층 (동교동, ANT빌딩))
구입문의 02-858-2217
팩스 02-858-2219

본문 내 사진은 김연경 선수 가족, 라이언앳, 배구협회, KIMDAESUND님을 통하였습니다.